断罪

闇法廷

南　英男

MINAMI Hideo

文芸社文庫

目次

第一章　令嬢たちの失踪

1

死体だろうか。
更級秀司《さらしなしゅうじ》は幾《いく》らか緊張した。車の速度を緩《ゆる》める。
路面に横たわった白い塊《かたまり》は、身じろぎひとつしない。
国道二九七号線に繋《つな》がる県道だ。深夜だった。すでに外房の勝浦《かつうら》市内に入っていた。
更級は、ライトをハイビームに切り替えた。
視界が利《き》くようになった。目を凝《こ》らす。
車道に倒れているのは、やはり人間だった。しかも、全裸の若い女である。
俯《うつぶ》せだった。どこかで殺害され、車から投げ落とされたのか。
更級は車を路肩《ろかた》に寄せた。
黒のスカイラインだ。ブレーキペダルを踏む。

更級はライトを点《つ》けたまま、外に出た。冷たい夜風が頬を嬲《なぶ》る。初冬だった。

更級は焦茶《こげちゃ》のレザージャケットの襟を立て、大股で歩きはじめた。

夜更けの県道は静かだった。めったに車も通りかからない。疎《まば》らな民家が闇の底に沈んでいる。

裸の女は微動だにしない。白い肌は瑞々《みずみず》しかった。二十代の前半だろう。

更級は立ち止まった。

女は反応を示さない。かすかな月明かりが、肉感的な裸身を浮き立たせていた。

腰や腿《もも》のあちこちに引っ掻《か》き傷がある。青痣《あおあざ》や擦過傷《さっかしょう》も見られた。

形のいい足は泥塗《まみ》れだった。林の中を駆けてきたのだろうか。死体を放置しておくわけにはいかない。更級は屈《かが》んで、女の脇の下に両手を差し入れた。

そのとき、女が小さく呻《うめ》いた。死んではいなかったのだ。更級は女の肩を揺さぶった。

「きみ、しっかりしろ」

「やめて、殺さないで！」

女が怯《おび》えた声をあげ、上体を起こした。二十三、四歳だった。

上品な顔立ちで、息を呑《の》むほど美しい。ただ、大きな瞳に異様な光が宿っていた。

「急に何を言いだすんだ」

更級は困惑した。

「ごめんなさい、怖い人たちだと思ったの」

「怖い人たちって、誰のこと？」

「わかりません」

女は首を振って、整った細面《ほそおもて》の顔を曇らせた。更級は相手の全身を素早く眺めた。

「どこか怪我をしてるようだな」

「足が痛いの。捻挫《ねんざ》したのかもしれません」

「きみは、なぜ裸でこんな場所にいるんだ？　露出狂には見えないがな」

「わたし、逃げてきたんだと思います」

女が両腕で乳房と股間を覆《おお》い隠し、自信なさそうに言った。

「思いますって、どういうことなんだ？」

「記憶が曖昧《あいまい》なんですよ」

「きみは、どこにいたんだ？　どこから逃げてきたのかな」

「それも、よくわからないんです」

「そいつは困ったな。その恰好《かっこう》じゃ、落ち着かないだろう」

更級はレザージャケットを脱ぎ、それを差し出した。

女は短くためらってから、レザージャケットを受け取った。すぐに袖を通して、胸元を掻き合わせる。上着の裾で、女の秘めやかな部分は隠れた。

「たまたま車で通りかかったんだ。家まで送ってやろう」

「わたし、家がどこにあるかわからないんです。それから、自分の名前や年齢も……」

「そういう悪ふざけはよくないな」

「悪ふざけじゃありません。本当に自分のことがわからなくなってしまったの」

女が叫ぶように言って、セミロングの豊かな髪を両手で掻き毟《むし》った。弾《はず》みで、乳房が露《あらわ》になった。淡紅色の乳首が愛らしい。

彼女は何かに戦《おのの》いているようだ。極度の恐怖で、一時的な記憶喪失に陥《おちい》ったのかもしれない。

「あのう、ここはどこなのでしょう？」

「千葉県の勝浦市の外れだよ」

「勝浦というと、外房ですよね」

「ああ、そうだ。地元の人間じゃないようだな」

「それさえもわからないんです。あなたは、地元の方なんですか？」

「いや、東京に住んでるんだ。こっちには、遊びに来たんだよ」

「そうなんですか。今夜は、どちらにお泊まりなんでしょう？」

「勝浦に会員制のリゾートホテルがあるんだ。そこで二、三日、骨休めをするつもりなんだよ」

「あのう、厚かましいお願いですけど、ひと晩だけ泊めていただけないでしょうか」

「弱ったな。こっちには、連れがいないんだよ。若い女性が、男ひとりだけの部屋に泊まるわけにはいかないだろ？」

「ご迷惑なんですね」

「そうじゃない。こちらは別にかまわないが、きみは女性だからね。そうだ、きみを警察に連れてってやろう」

「待ってください。それは困ります」

　女が強く拒んだ。

「なんで困る？」

「警察に駆け込んだりしたら、何か取り返しのつかないことになるような気がするんです」

「もしかしたら、きみは監禁されてたんじゃないか」

「そうなのかもしれません。でも、はっきりしたことはまるで思い出せないんですよ。ただ、警察に行くことだけは、気が進まないんです」

「よっぽど怖い思いをしたようだな。よし、きみをホテルの部屋に泊めてやろう」

更級は手を差し伸べた。

美しい女がそれに縋《すが》って、静かに立ち上がった。唇が白っぽく乾いている。夜気が鋭い。

女が身を竦《すく》めた。体が冷えきっているようだ。

更級は女の肩にさりげなく腕を回し、自分の車まで導いた。女は右脚を引きずっていた。

二人は車内に入った。

更級は後部座席から、自分のコートを摑《つか》み上げた。それを女に着させる。更級は背が高い。オフホワイトのコートの裾は、女の踝《くるぶし》のあたりまで達していた。

更級はスカイラインを発進させた。

数百メートル走ると、助手席に坐った女が遠慮がちに話しかけてきた。

「お名前を教えていただけないでしょうか」

「なぜ、おれの名を知りたがるのかな」

「今夜、お世話になるわけですから。それにあなたをお呼びするのにも、お名前を知っていたほうが都合がいいと思うんです」

「それもそうだな。更級というんだ。更級日記の更級という字を書くんだが、蕎麦《そば》屋の更科と間違えて書かれることもあるな」

「うふふ。素敵なお名前ですね。東京では何をなさっているんです？」

「イベント・プロデューサーだよ」

更級は、世間を欺《あざむ》くための表向きの職業を教えた。本業はプロの処刑人だった。私設処刑機関『牙』の処刑班のチーフを務《つと》めている。

『牙』には処刑班のほかに、情報収集班があった。闇の組織を率《ひき》いているのは、かつて天才相場師として名を轟かせた植草甚蔵《うえくさじんぞう》だ。もう七十歳をいくつか超えている。

ボスの植草が処刑チームを結成したのは数年前だ。法の網を巧みに潜《くぐ》り抜けている巨悪を裁くためだった。

更級は前の処刑班チーフに誘われ、この稼業に入ったわけだ。生駒敬介《いこまけいすけ》という前チーフは、警視庁捜査一課の刑事上がりだった。穏《おだ》やかで、人望も集めていた。しかし、生駒は不幸にも一年あまり前に仕事中に命を落としてしまった。

そんな経緯《いきさつ》があって、更級が新チーフになったのだ。三十五歳で、独身である。ふだんは、世田谷区下馬《しもうま》にある賃貸マンションで暮らしている。

更級は三年前まで、東京地検特捜部の有能な検事だった。

人生は順風満帆《じゅんぷうまんぱん》に思えた。ところが、思いがけないことで足を掬《すく》われてしまった。ある大がかりな贈収賄事件の捜査中に更級は罠に嵌《は》められ、前科者に仕立てられた。こうして彼は、いまの稼業に入ったのだ。

『牙』の本部は東京・国立市にある。そこは植草甚蔵の邸《やしき》でもあった。

処刑班のメンバーは、更級を含めて男女五人だ。報酬は一律に月給百五十万円だった。危険手当やボーナスの類《たぐい》はない。

ただし、活動中に死亡した場合は遺族に二億円の死亡退職金が支払われる。

高給も魅力的だったが、仕事そのものがきわめて刺激に満ちていた。更級は、そんな処刑人稼業が大いに気に入っている。

やがて、スカイラインは国道一二八号線を渡った。

更級は、さらに車を道なりに走らせた。十分ほどで、浜勝浦《はまかつうら》に着いた。

勝浦マリンホテルは勝浦湾に面している。

十一階建てで、外壁は純白だった。まだ新しい。

ホテルの会員権は、ボスが個人名で購入した。だが、植草自身はたったの一度しか、ホテルを利用していない。もっぱら更級たちメンバーが組織の保養施設として使っていた。

更級は、もう五、六度訪れている。明日から彼は、フィッシング・クルーザーで釣りを楽しむつもりだった。スカイラインをホテルの地下駐車場に入れる。

車を降りかけたとき、女が問いかけてきた。

「お部屋の鍵《キー》は、もうお持ちなんですか？」

「いや、持ってない。予約はしてあるんだが、まだ部屋は決めてないんだ。空いてさえいれば、どの部屋にも泊まれるんだよ」

「そういえば、さっき会員制のホテルだとおっしゃっていましたね」

「ああ。そのなりじゃ、きみはフロントに顔を出せないな。おれひとりでフロントに行ってくるよ。ここで待っててくれないか」

更級は外に出て、ドアを閉《し》めた。

駐車場は三分の一しか埋まっていない。平日だから、客は少ないのだろう。更級は階段を使って、一階のフロントに回った。広いロビーに人の姿はなかった。

「また、世話になるよ」

更級は、顔馴染《なじ》みの若いフロントスタッフに笑顔を向けた。相手の顔も綻《ほころ》んだ。

「お待ちしておりました」

「予約はひとりだったんだが、急に連れができたんだよ。できたら、ふた部屋取りたいんだ」

「幾《いく》部屋でもお使いください、空き室がたくさんございますので」

「そう。しかし、待てよ」

更級は急に不安になった。行きずりの女をひとりにしたら、何かしでかすかもしれない。

「何か？」

「シングルふた部屋じゃなく、続き部屋《スイート》にしよう」

「かしこまりました。それでは、最上階のスイートルームをお使いください」

フロントスタッフが上体を捻《ひね》って、キーボックスに腕を伸ばした。更級は部屋のカードキーを受け取ってから、低く言った。

「すまないが、若い女性向けの衣類とランジェリーを調達してもらえないか」

「はあ？」

「連れの女が服を着たまま、海に飛び込んでしまったんだよ。彼女、ちょっと酔っ払ってってね」

「それでしたら、濡れた服をすぐにクイッククリーニングに回しましょう」

「それがね、彼女、着てる衣類を海に流してしまったんだ。だから、新たに服を買ってきてもらいたいんだよ」

「承知しました。しかし、今夜はどこもお店が閉まっているでしょうから……」

「明日でいいよ」

更級は砂色のスラックスのヒップポケットから、仔牛《カーフ》の札入れを抓《つま》み出した。一万円札を五枚引き抜き、フロントスタッフに渡す。

「お連れさまのお年齢《とし》や体型をお教えください」

「二十三、四歳で、中肉中背といったところだな。カジュアルな服でいいよ。ついでに靴も買ってきてくれないか」

「足のサイズは？」

「多分、二十四センチぐらいだろう」

「わかりました。それでは、適当に見繕《みつくろ》わせていただきます」

「悪いね。少ないが、煙草《たばこ》でも買ってくれないか」

更級は、フロントスタッフの掌《てのひら》の中に一万円札を封じ込めた。

「気を遣《つか》っていただきまして、申し訳ありません。お荷物は、お車の中ですね？」

「案内はいいよ。連れが車の中で待ってるんだ。それも、ひどい恰好《かっこう》でね」

更級はフロントから離れた。地下駐車場に戻り、女に合図を送った。女がすぐに車を降りた。

二人はエレベーターで最上階に上がった。

指定された部屋は、海側の角にあった。更級は一一〇八号室のドア・ロックを解《と》いた。女と室内に入る。

とっつきの部屋は三十畳ほどのスペースで、大型のソファセットが置かれていた。コーナーには、ライティング・デスクとOA機器が並んでいる。右手の奥が寝室だった。

「軽食なら、ルームサービスしてもらえるが……」

「結構です。それよりも、バスを使わせてもらってもいいでしょうか。体が冷えてしまって、少し寒いんです」

「そうしたほうがいいな。ゆっくりと温《あたた》まるんだね」

「はい、そうさせてもらいます」

女は後ろ向きになると、更級のコートとレザージャケットを脱いだ。それらをソファの背凭《もた》れに掛け、すぐに浴室に足を向ける。

更級はソファに腰かけ、革の上着を引き寄せた。ポケットを探《さぐ》って、マールボロとジッポーを摑《つか》み出した。

妙な拾いものをしたものだ。更級は苦く笑って、煙草に火を点けた。

短くなったマールボロの火をクリスタルの灰皿の中で揉《も》み消したとき、懐で特殊スマートフォンが鳴った。チームのメンバーだけが持っている傍受できない機種だ。

発信者は一ノ瀬《いちのせ》悠子《ゆうこ》だった。

処刑班の紅一点だ。悠子は元スタントウーマンで、現在はエアロビクスのインストラクターを表稼業にしている。個性的な美人だった。プロポーションも悪くない。

その上、少林寺拳法三段でフェンシングの心得もある。車はA級ライセンスだ。あと一カ月ほどで、満二十六歳になる。

「そちらはいかが？」

電話の向こうで、悠子が言った。

「ほんの少し前に着いたとこなんだ。何か仕事の緊急連絡なのか？」

「ううん、プライベートな電話よ。なぜだか、急にあなたの声が聴《き》きたくなっちゃったの」

「まるで女子大生の台詞《せりふ》だな。飲んでるのか？」

「ええ、ワインを少しね。あなたは、まだアルコールは……」

「素面《しらふ》だよ」

更級は言って、ベランダ側のベッドに浅く腰かけた。

話が長くなりそうだったからだ。悠子とは他人ではなかった。お互いに気の向くときに、ベッドを共にする仲だった。といっても、恋人同士というのではない。もっと醒《さ》めた関係だった。

「予定通りに二、三日、そちらでフィッシングをやるんでしょ？」

「そのつもりだが、どうなるか」

「何かあったの？」

「いや、別に何も……」

更級は、正体不明な女を拾ったことを明かさなかった。別段、他意があったわけではない。説明することが面倒な気がしたのだ。

「東京に戻ってきたら、電話をもらえる？　久しぶりに、あなたと一緒に夜を過ごしたいの」

「わかった。そうしよう」

「待ってます。それじゃ、お寝《やす》みなさい」

電話が切れた。更級は特殊スマートフォンを所定のポケットに収め、ベッドに仰向《あおむ》けに寝そべった。

十分ほど経《た》つと、かすかな足音が聞こえた。

更級は上半身を起こした。すぐ近くに、女がたたずんでいた。ホテルの寝間着を身に着《つ》けている。洗い髪が何やら色っぽい。

「おかげさまで、体が温《あたた》まりました」

「それはよかった。浴室で何か思い出した？」

「いいえ、特に何も。でも、シャワーの使い方なんかはちゃんと憶《おぼ》えていました」

「典型的な逆行性健忘、つまり記憶喪失の症状だろうな」

「わたし、どうなってしまうんでしょう？」

女が不安顔になった。すぐに更級は力づけた。

「ちょっとしたきっかけで、記憶は蘇《よみがえ》ると思うよ」

「そうだといいのですけど。もしかしたら、わたしの名前はマキというのかもしれません」

　女が首のペンダントを抓《つま》んだ。ゴールドの鎖には、小さなインゴットがぶら提《さ》がっていた。

「インゴットの裏に刻印があったんだね？」

「はい、そうなんです。ＭＡＫＩと文字が彫《ほ》ってありました」

「どういう漢字を当てるのかは思い出せない？」

「ええ、そこまでは……」

「そう。おぼろげながらも自分の名前を思い出したんだから、そのうちに記憶が戻るだろう。今夜は、ぐっすり眠るんだね。好きなほうのベッドを使うといいよ」

　更級は腰を上げた。

「あなたのそばで寝《やす》ませてください」

「どういう意味なんだ？」

「わたし、あなたにとても感謝しているんです。ですので、何かお礼をしたいの。更級さん、わたしを抱いてください」

　女が上擦《うわず》った声で口走り、抱きついてきた。

　更級の鳩尾《みぞおち》のあたりで、弾みのある乳房が平たく潰《つぶ》れた。悪くない感触だった。しかし、欲望は息吹《いぶ》かなかった。

女が瞼《まぶた》を閉じた。更級は女を軽く押しやった。女が目を開け、哀《かな》しげな表情になった。

「わたしは魅力のない女なんですね」

「きみは充分に男心を擽《くすぐ》るよ。しかし、おれはもう見境もなく女性と寝たいと思う年齢じゃないんだ」

「でも、それではわたしの気持ちが済みません。お願いですから、わたしを……」

「おかしな気遣いは本当に無用だよ」

更級はそう言い、ソファのある部屋に戻った。

2

海は穏《おだ》やかだった。

べた凪《なぎ》に近い。すでに陽《ひ》は高かった。間《ま》もなく十一時になる。

更級は、セレクターを後進《アスターン》に入れた。

白いフィッシング・クルーザーが身震いして、ゆっくりと停止する。更級は二百六十馬力のディーゼルエンジンを切った。船底を押し上げる波のうねりが、足許《あしもと》から伝わってくる。

勝浦湾の沖合だった。

右手に八幡岬、左手に勝浦海中公園が見える。海中展望台の左右には、大小さまざまな形をした奇岩が連《つら》なっていた。

海蝕によってできた自然の彫刻物だ。海中公園に指定されただけあって、景観が素晴らしい。

更級は厚手の黒いトレーナーの上に、白いヨットパーカを羽織《はお》っていた。パーカを着ていると、少し暑いぐらいだ。

ヨットパーカを脱いで、錨《アンカー》を落とす。クルーザーの揺れが小さくなった。

植草の所有艇である。グラスファイバー製ながら、高いフリーボードと船室《キャビン》付きだった。食卓や調理室《ギャレー》も備わっている。艇名はモナリザ号だ。

「いいクルーザーですね」

デッキにいるマキが言った。

更級は曖昧《あいまい》な笑顔を向けた。もうマキは、右脚を引きずっていなかった。表情も昨夜よりは、だいぶ明るい。

マキは薄手のベージュのセーターを着込んでいた。下は、黒のチノクロスパンツだった。靴は、白のレザースニーカーだ。どれも、フロントスタッフが買い集めてくれた物である。

「更級さんはお金持ちなんですね。こんな素敵なクルーザーを持ってらっしゃるんですから」

「このクルーザーは知り合いの物なんだ」

「あら、そうだったんですか」

マキが困ったような笑みを浮かべた。まるで化粧っ気はなかったが、充分に美しい。気品のある美しさだった。

「釣果《ちょうか》は期待できそうもないが、ちょっと釣り糸を垂らしてみるか」

「はい。わたし、トローリングでかなり大きなビル・フィッシュを釣り上げたことがあるんですよ」

「ビル・フィッシュというと、カジキのことだな」

「ええ、そうです。ハワイ沖で運よくヒットしたんです」

「トローリングの経験があったのか。道理でちっとも船酔いしないわけだ。誰とトローリングをやったんだい？」

「父だったような気がしますけど、はっきりとは思い出せないんです」

「そう。外国の海でトローリングを楽しむことができるくらいだから、きみの親父さんこそリッチマンなんだろう」

「それはどうかわかりませんけど、父は大勢の人たちを使って何かビジネスをしてるんだと思います。どんな事業をしてるのかは、はっきりしませんけど」

「焦《あせ》ることはないさ。何かの弾《はず》みに、一気に記憶を取り戻すことができるかもしれないからね」

「そうなってほしいわ」

「とにかく、少しフィッシングをやろう」

更級はマキを促《うなが》した。

二人は船尾に回った。船釣り用のリール付き竿《ロッド》を選び、それぞれ手早く仕掛けの用意をする。

更級は中層魚を狙うつもりだった。

鉤《はり》はネムリ22号を三本セットし、百五十号の錘《おもり》を使うことにした。鯖《さば》の肉を短冊に削《そ》ぎ、三本の鉤《はり》にちょん掛けにする。

マキはサビキ釣りをする気になったらしい。

馴《な》れた手つきでサビキ仕掛けに三十号の錘をつけ、コマセ袋にせっせと冷凍アミを詰め込みはじめた。鯵《あじ》か鯖を狙うつもりなのだろう。

更級は、低い背当ての付いたスツールに腰を下《お》ろした。マキも、かたわらのスツールに坐る。

二人は相前後して、仕掛けを海に投入した。

いくらも経《た》たないうちに、マキが歓声をあげた。早くも魚信《あたり》があったらしい。リールで、糸を巻き上げはじめた。

鯖の皮を使ったサビキ鉤《ばり》には五尾のソウダガツオが掛かっていた。五尾ともヒラソウダだった。マルソウダよりも魚体が細っこい。

「なかなかやるじゃないか」

更級は声をかけた。

「まぐれですよ。釣れたのは嬉しいけど、ソウダガツオって人気がないんでしょ？」

「血合の部分が多くて、食べられるところが少ないからね。しかし、釣りたてのソウダガツオは本鰹《ほんがつお》とあまり味が変わらないよ」

「そうなんですか。せっかく釣ったんですから、食べてあげなくちゃね」

マキはそう言うと、鉤から丁寧に魚を外した。その手つきも堂に入ったものだった。

五、六分が経過したころ、更級は確かな魚信を感じた。ひと呼吸の間《ま》を取ってから、ロッドを大きくしゃくった。これで、獲物はがっちり鉤に掛かったはずだ。実際、すぐに仕掛けが重くなった。

更級はリールのハンドルを握った。

12号の道糸《みちいと》を慎重に手繰《たぐ》っていく。かなり引きが強い。糸が張り詰め、鳴くように軋《きし》む。

どうやら大物のようだ。

頬が緩《ゆる》む。力まかせにハンドルを回すと、魚に糸を切られてしまう。時々ドラグを緩《ゆる》め、糸を走らせてやる。〝敵〟が疲れを見せたら、すかさずリールで糸を巻く。

そのファイトが何とも愉《たの》しい。やがて、魚が水面に浮かんできた。

更級はがっかりした。グロテスクな縞鰹《しまがつお》だったからだ。銀白の体は死ぬと同時に、瞬《また》く間に黒ずんでしまう。見た目も不細工だが、味もよくない。

更級は舌打ちした。縞鰹を取り込み、ふたたび釣り糸を垂れる。

マキは二投目でも、数尾のヒラソウダを釣り上げた。それからしばらく、どちらにも魚信はなかった。

更級が割に型のいいヒラアジとメダイをたてつづけに釣り上げたのは、小一《こ》時間後だった。それに呼応《こおう》するように、マキがイサキ、マアジ、ムロアジなどを釣った。

だが、それもひとしきりだった。

午後一時を回ると、ぴたりと魚信がなくなった。餌盗《えさと》りの名手であるフグやウマヅラハギすら掛からない。

「潮目《しおめ》が変わったようだから、ひと息入れよう」

更級は竿を垂直に立てた。マキが彼に倣《なら》う。

二人は船室《キャビン》に入り、釣った魚を料理しはじめた。更級が刺身をこしらえ、マキが沖《おき》汁《じる》風のブイヤベースを手早く作った。

二人はL字形のテーブルについた。

二つのランチジャーには、ホテルで炊きたてのご飯を詰めてもらってある。更級たちは昼食を摂《と》りはじめた。

「わたし、前にもこんなふうにしてキャビンで食事をしたことがあるような気がします。あれは、八丈島沖だったかしら?」

マキが口許を品よく拭《ぬぐ》って、小首を傾《かし》げた。

「きみの父親は、クルーザーを持ってるようだな」

「ええ、多分」

「きみの家族は、スポーツ一家なんじゃないのかな。なんとなくそんな気がするね。きみも何かスポーツをやってたんじゃない?」

更級は問いかけた。

「馬に乗ったことがあるような気がします」

「学生時代に馬術部に入ってたんだろうか。あるいは、どこかの馬術学校に通ってたのかな」

「そういう具体的なことになると、まるで思い出せないの。頭の中が白く霞《かす》んでしまって」

マキは、もどかしそうに頭を烈《はげ》しく振った。

「食事が済んだら、港に戻ろう。それで、きみがきのうの夜、倒れていた所に行ってみようよ。ひょっとしたら、何か思い出すかもしれないからね」

「更級さん、その前にもう少し沖に出てみてくれませんか？」

「どうするつもりなのかな？」

「トローリングをやってみたいんです。さっきハワイ沖でビル・フィッシュを釣り上げたことまで思い出したのですから、もしかしたら……」

「オーケー、試《ため》してみよう」

更級は刺身をひと切れ口の中に放り込み、ベンチシートから立ち上がった。

船室を出ると、すぐに操舵室《コックピット》に入った。アンカーを巻き上げ、エンジンを始動させる。ギアを前進《アヘッド》に入れ、スロットルレバーを少しずつ開いていく。モナリザ号は滑るように走りだした。

太平洋は青々としていた。

水平線は遠い。左手前方をノルウェー船籍の貨物船が緩《ゆる》やかに滑走している。ほかに船影は見えない。

更級は速度を二十ノットまで上げた。

舳先《へさき》が勢いよく波を蹴立《けた》てはじめた。うねりが高いときは、同じ速度でも白い飛沫《しぶき》がフリーボードまで跳《は》ね上がってくる。だが、きょうは飛沫を気にする必要はなかった。海面は鏡のように滑らかだった。

更級はスロットルを全開にした。

前進全速《フルアヘッド》だ。子供じみた発想だが、全速力で走ると、大海原を征服したような気持ちになる。風切り音が耳に快い。わずかながら、揺れを感じるようになった。

二十分ほど経過したころ、マキがやってきた。

「ざっと食器を洗っておきました」

「悪いな、サンキュー！　助かるよ。料理そのものは嫌いじゃないんだが、後片づけがどうも面倒でね」

「男性はたいがいそうなんじゃありませんか。父や兄も同じです」

「きみには、兄さんがいるらしいな」

「いま、わたし、兄と言ったんですよね？」

マキが、にわかに顔を明るませた。更級は大きくうなずき、すぐに訊いた。

「どんな兄さんなのかな？」

「わたしとは三つ違いで、兄は父の仕事を手伝ってるんだと思います。名前はヒロシ、ううん、アキラかもしれません」

「少しずつ記憶を取り戻しはじめたようだな。その分なら、意外に早く自分のことがわかるかもしれない。まあ、坐りなよ」

「はい」

マキが素直に応じ、更級の横に腰かけた。

モナリザ号は快調に走った。

沖に出るにつれて、だんだん波のうねりが高くなる。さすがに外洋だ。べた凪《な》ぎに近いといっても、勝浦湾内とは違う。舳先が切り裂く波の音は豪快だった。

しばらく走りつづけ、エンジンの回転数を落とした。とたんに、クルーザーの揺れが小さくなった。

「このまま微速《スロー》で流すから、きみはトローリングの準備をしてくれないか。ルアーは、タックルボックスの中にいろいろ入ってるよ」

更級は言った。

「はい」

「念のため、革のハーネスを装着しといたほうがいいな。ひょっとしたら、超大物がヒットするかもしれないから」

「それは期待できないでしょうけど、鰆《さわら》の子供か何かが釣れるといいな」

マキが立ち上がって、船尾に向かった。

更級は煙草をくわえた。一服し終えたころ、マキが仕掛けを投入したことを大声で告げた。

何か思い出してほしいものだ。更級は胸底で呟いた。

はるか前方に、無数の海鳥が群れている。いわゆる鳥山だ。海鳥たちの下に、鰯《いわし》か何かがいるにちがいない。小さな魚の群れがあれば、その下に中型魚がいるものだ。沖鰆《おきさわら》は無理としても、歯鰹《はがつお》クラスの魚はヒットするかもしれない。

更級は、モナリザ号を微速で進めつづけた。

海の色は、みごとなエメラルドグリーンだった。頭上の空は青く澄みわたっている。その分、陽射《ひざ》しが強かった。きらめく光の鱗《うろこ》が瞳孔を射《い》る。だが、気分は爽やかだった。

三十分が流れた。

ヒットした様子はない。更級は、マキにルアーを替えさせた。だが、その後も好転する兆《きざ》しはなかった。

長いこと微速で航行していると、エンジンを傷《いた》める恐れがある。更級は、いったんエンジンを切った。ギアをニュートラルに入れる。

モナリザ号は惰性《だせい》で、緩《ゆる》やかに滑っていく。

更級は周囲に船影がないことを確認してから、コックピットを出た。船尾に回る。

「エンジン、故障したんですか？」

気配で、マキが振り向いた。ハーネスは着けていなかった。どうせ大物など釣れないと思ったのだろう。

「いや、わざと切ったんだよ。微速であまり長時間走ってると、エンジンに負担がかかるんだ。他人《ひと》のクルーザーだから、大事を取ったんだよ」

「ごめんなさい。つい長いこと走らせてしまって。もうトローリングはやめます」

「どうも日並《ひなみ》がよくないみたいだな。釣果はともかく、何か思い出した？」

「いいえ、これといったことは何も……」

マキがリールのハンドルを回しはじめた。

速度がのろい。更級は代わって道糸を巻き揚げてやった。トローリング用の太いロッドを片づけ終えたとき、かすかなエンジン音が耳に届いた。

更級は額に小手《こて》を翳《かざ》して、海に視線を投げた。陸《おか》の方向から、白とブルーに塗り分けられた大型モーターボートがやってくる。

船脚《ふなあし》が速い。

点ほどにしか見えなかった高速ボートが、みる間に輪郭《りんかく》を現わした。エンジンの音も高くなった。大型モーターボートには二人の男が乗り込んでいた。

どちらも黒革のハーフコートを着ている。年恰好や顔は、まだ判然としない。更級は何か不吉な予感を覚えた。

「きみは、キャビンの中に入っててくれ」

「えっ、どうしてですか⁉」

「いいから、急ぐんだっ」

「は、はい」

マキが慌《あわ》てて船室に駆け込む。

更級は操舵室に戻った。大急ぎでスターターボタンを押す。エンジンが重い咆哮《ほうこう》を発し、勢いよく唸《うな》りはじめた。

「更級さん、どうしたんですか？」

操舵室の背後で、マキの声がした。

「ちょっと気になる大型の高速ボートが接近中なんだ」

「ええっ」

「きみはキャビンの円窓《まるまど》から、ボートの男たちの顔をよく見といてくれないか」

更級はセレクターを前進《アヘッド》に叩き込んだ。ほとんど同時に、スロットルレバーを開く。

モナリザ号が走りだした。

大型モーターボートは、すぐ近くまで迫っていた。

更級は燃料計を見た。オイルは半分も残っていない。

このまま沖に向かって走りつづけたら、いたずらに燃料を消費するだけだ。下手をすると、港に戻る前にオイルが切れてしまうかもしれない。

更級は舵輪を大きく右に切った。

Uターンし切ったとき、わずか数百メートル先に高速ボートの舳先が見えた。針路を塞《ふさ》ぐ気らしい。大型モーターボートはまっしぐらに走ってくる。フルスピードだった。

更級は減速し、針路を変えた。

大型モーターボートも速度を落とした。ゆっくりと近づいてくる。

更級は、相手の出方を待つことにした。場合によっては、大型モーターボートごと男たちを引っくり返してやるつもりだった。

「予備の飲料水を積んでたら、分けてもらえませんかね」

大型モーターボートから、大声が響いてきた。

怒鳴ったのは助手席の男だった。短い髪をパーマで縮らせている。流行遅れのパンチパーマだ。

更級はスクリューを反転させた。モナリザ号が停まる。更級はギアをニュートラルにして、操舵室を出た。

「水はやるから、取りに来てくれよ」

「わかりました。いま、そっちに行きます」

パーマをかけた男が応答し、操縦席の男に何か言った。

ともに三十歳前後だ。どちらも、どことなく荒《すさ》んで見える。堅気ではないだろう。

大型モーターボートが、モナリザ号の左舷にゆっくりと近寄ってきた。

「いま、予備の飲料水タンクを持ってくるよ」

更級は男たちに言って、キャビンに駆け降りた。すると、マキが走り寄ってきた。

「わたし、モーターボートの男たちに見覚えがあります」

「やっぱり、そうか。おそらく奴らは、きみに何かした連中だろう」

「怖いわ、わたし」

「心配するな。おれが奴らを追っ払ってやる。きみは、ここでじっとしててくれ」

更級は調理台に歩み寄った。

シンクの下から、小庖丁を摑《つか》み出す。それをベルトの下に差し込み、デッキに上がった。処刑人の更級も、オフの日は丸腰だった。

大型モーターボートは、すでに接舷していた。

パーマ頭の男が妙な笑い方をして、シートから立ち上がった。その右手には、自動拳銃が握られている。シグ・ザウエルP230だった。スイス製の自動拳銃だ。

「なんの真似《まね》だっ」

更級は、相手を睨《にら》みつけた。

「女を連れて来い！」

「このクルーザーには、女なんか乗ってない」

「てめえ、死にてえのかよっ」

「疑い深い男だな。それなら、自分で捜してみろ！」

「女がキャビンにいることはわかってるんだっ」

男が苛立《いらだ》たしげに吼《ほ》え、だしぬけに発砲した。放たれた銃弾は、フリーボードの上を駆け抜けていった。明らかに威嚇射撃だった。

「おまえら、ヤー公だな？」

「うるせえ。早く女を出さねえと、撃ち殺すぞ」

「撃ちたきゃ、撃て！」

更級は相手を挑発して、キャビンに足を向けた。

すると、二発目の銃弾が放たれた。それはデッキの手摺《てすり》に当たり、大きく撥《は》ねた。

更級はいったんキャビンに潜《もぐ》り込んで、数秒やり過ごした。ふたたびデッキに躍り出ると、案《あん》の定《じょう》、拳銃を持った男が手摺を跨《また》ぎかけていた。

更級は手摺の手前まで走った。

男の頭髪と肩口を摑んで、強く引き倒す。男が声をあげた。更級は、デッキに倒れた男の右手首を蹴った。シグ・ザウエルＰ230が甲板の上を滑り、そのまま海に落ちた。

「くそったれが！」

男が跳ね起きた。

更級は前蹴りを見舞った。狙《ねら》ったのは腹だった。

男が体を折って、手摺にぶち当たった。そのまま尻から落ちた。

更級は、男の顔面を蹴り込んだ。

軟骨の潰《つぶ》れる音がした。鼻血が滴《したた》りはじめた。

更級は片膝をついて、小庖丁を男の喉元に押し当てた。

「おまえら、何者なんだっ」

「堅気《ネス》が突っ張ってると、若死にすることになるぜ」

「虚勢を張りやがる」

更級は言うなり、小庖丁を横に動かした。

髪にパーマをかけた男が、凄まじい声を迸《ほとばし》らせた。喉仏のすぐ下が横一文字に浅く裂けていた。鮮やかな色の血が盛り上がる。夥《おびただ》しい量だった。

「喋る気になったか？」

「ううっ」

男は呻くだけで、答えようとしない。

更級は、男の太腿に小庖丁を垂直に突き立てた。少しも迷わなかった。

男が悲鳴を放って、横に転がった。流れ出た血が糸を引きながら、甲板に滴《したた》り落ちる。

「言うよ。言うから、早く刃物《ヤッパ》を抜いてくれーっ」

「いいだろう」

更級は小庖丁を左右に抉《こじ》ってから、一気に引き抜いた。柄の近くまで血糊で濡れていた。

男が長く息を吐いて、白く乾いた唇を舌の先で湿らせた。

ちょうどそのときだった。大型モーターボートの上で、重い銃声がした。操舵室の戸枠が穿《うが》たれた。

更級は身を伏せた。

ボートに残った男は輪胴式拳銃《リボルバー》を手にしていた。S《スミス》＆W《ウエッソン》M19だった。硝煙が薄くたなびいている。

また、銃声が轟いた。

デッキで唸っていた男が手摺に摑まって、立ち上がった。その動きは素早かった。

男は手摺を跨ぐと、すぐに身を躍らせた。大型ボートに飛び降りたのだ。派手な落下音がした。男の呻き声も聞こえた。

更級は起き上がった。

そのとき、大型モーターボートが猛然とスタートした。更級は、血塗れの小庖丁を投げつけた。小庖丁はボートの風防ガラスに当たって、海中に沈んだ。

更級は歯噛みした。なんとも忌々《いまいま》しかった。

キャビンから、マキが現われた。

「お怪我はありませんか？」

「ああ、大丈夫だ。きみはキャビンに入っててくれ。これから、奴らを追っかける」

更級はコックピットに飛び込んだ。

大型モーターボートは右旋回して、陸《おか》に向かいはじめていた。

全速力で追う。距離が縮まると、ボートは目まぐるしく針路を変えた。ジグザグに走ったり、S字を描いたりして必死に逃げる。

クルーザーは小回りが利《き》かない。

更級は、さんざん翻弄《ほんろう》された。それでも、更級は諦《あきら》めなかった。

マリーナを突き止めれば、モーターボートの所有者はわかる。そうすれば、あの二人の正体も明らかになるだろう。

更級は、怪しいモーターボートを追いつづけた。

一時間ほど経《た》つと、正面に明神岬が見えてきた。勝浦海中公園の端にある小さな岬だ。大型モーターボートは針路を幾度か変えてから、興津《おきつ》港に入った。そのまま港の右手にある入江に潜《もぐ》り込んだ。

そこは、夏には海水浴場として賑わう砂浜だった。マリーナは、どこにも見当たらない。

男たちは追いつめられて、ここに逃げ込んだのか。それとも、あの高速ボートはどこかのマリーナで盗んだものなのか。

大型モーターボートが浜辺に乗り上げた。

男たちはすぐにボートから飛び降り、海岸の背後にある国道に駆け上がっていった。

このまま突き進んだら、浅瀬に乗り上げてしまう。どうせ大型モーターボートは盗んだものだろう。腹立たしかったが、勝浦のヨットハーバーに引き返すことにした。

更級は速度を落とし、舵輪を大きく右に切った。

3

「停めてください」

助手席のマキが不意に言った。

更級は、スカイラインを路肩《ろかた》に寄せた。昨夜、マキを発見した場所から少し奥に入ったあたりだった。夕暮れどきである。

「何か見覚えのある物を発見したんだね？」

「ええ。左手前方に、オートキャンプ場の看板が見えますでしょ？」

「あそこは、勝浦チロリン村だよ」

「あの看板、見たことがあります」

「オートキャンプ場の中に入ってみるかい？」

「いいえ、もう少し先まで走ってみてくれますか」

「わかった」

更級は、ふたたび車を走らせはじめた。

一七五号線だ。少し行くと、左側にこんもりとした林が見えてきた。オートキャンプ場だ。季節はずれのせいか、人気《ひとけ》はなかった。

さらに数十メートル進むと、またマキが車を停めてほしいと言った。更級は言われた通りにした。

「その道を通ったことがあるような気がするの」

マキが左手にある脇道を指さしながら、緊張した面持《おもも》ちで言った。

「それじゃ、入ってみよう」

更級はスカイラインを脇道に入れた。

一方通行の道ではなかったが、道幅が割に狭い。民家は疎《まば》らだった。街路灯は極端に少なかった。七、八百メートル走ると、完全に人家は見当たらなくなった。道の両側は、蔬菜《そさい》畑と雑木林だった。

「この道、知ってます。この先のどこかに、わたしは監禁されてたのかもしれません」

「その可能性はありそうだな」

「更級さん、引き返してください。わたし、やっぱり怖くて……」

「ひとりじゃないんだから、そんなにびくつくことはないさ」

更級は強引に車を進めた。

いつしか夜の色に塗り込められ、だいぶ見通しが悪くなっていた。更級はヘッドライトを点けた。

光が路上駐車中の大型保冷車を捉《とら》えた。

四トン車だった。路肩には寄っていない。車体が対向車線に大きく食《は》み出している。パーキングランプが灯《とも》っていた。ドライバーが仮眠をとっているのか。このままでは通り抜けられない。

更級はアクセルを緩《ゆる》め、高くホーンを鳴らした。

だが、保冷車のウインカーは点滅しない。更級は車を停め、長く警笛を轟かせた。

それでも、四トン車は走りだそうとしない。

更級は車を降り、保冷車に駆け寄った。高い運転台を見上げると、人のいる気配がする。

「おい、車を出してくれ」

更級はステップに片足を掛けた。

次の瞬間、ドアが不意に開けられた。更級は弾き飛ばされ、路上に転げ落ちた。肘《ひじ》を打ったが、それほど痛みは感じなかった。

更級は敏捷に跳ね起きた。

ちょうどそのとき、保冷車の運転席から人影が飛び降りてきた。昼間、大型モーターボートを操縦していた男だ。

「今度こそ、女を渡してもらうぜ」

「おれたちを待ち伏せしてたんだな」

「そういうことよ。いずれ、こっちに来ると読んでたんでな」

「パーマ頭の相棒は、病院で唸ってるんじゃないのか」

「まあな。でも、別の仲間がいるんだよ。いま、向こうから来らあ」

男が薄く笑って、スカイラインの後ろに目をやった。

更級は首を捩《ねじ》った。暗がりの奥に、ヘッドライトが見えた。

光輪の位置が高い。ダンプカーだった。スカイラインをサンドイッチにして、ぶっ潰《つぶ》す気らしい。

更級は目の前の男の顔面にストレートパンチをぶち込み、自分の車に駆け寄った。

ダンプカーは百メートルほど後ろに迫っていた。

「ちょっと荒っぽい運転をするよ」

更級はマキに言って、車を急発進させた。タイヤが鳴いた。

すぐにステアリングを切り、葱畑《ねぎばたけ》の中に入った。七、八十メートル走ると、行き止まりになった。三方は雑木林だった。

「くそっ」

更級は車をUターンさせた。畑の出入口を塞《ふさ》ぐように、ダンプカーと大型保冷車が縦に駐《と》まっている。

「逃げ道を塞がれてしまった。ひとまず林の中に隠れよう」

「は、はい」

マキが神妙にうなずいて、ドアを開け放った。

更級は外に出て、マキの手を取った。二人は背後の雑木林の中に逃げ込んだ。暗さに目が馴染《なじ》むまで、自由には動けなかった。

男たちが怒声を張りあげながら、猛然と追ってきた。どちらも殺気立っていた。

「おれはここで、奴らを喰《く》い止める。その隙に、きみは逃げてくれ」

「でも、ひとりじゃ……」

「心細いだろうが、そのほうが安全だよ。林伝いに道路まで逃げて、先にホテルに戻るんだ。表通りで、通りかかった車に乗せてもらえばいい」

「だけど、更級さんが……」

「こっちのことは心配するな」

　更級は身を屈《かが》め、横に走りはじめた。

　樹木を縫《ぬ》いながらも、時々、目は畑の方に向ける。更級はマキのいる場所から充分に離れ、葱畑に走り出た。畑のところどころに、発育不全の葱が打ち捨てられている。残念ながら、得物《えもの》になりそうな物は何も見当たらない。

　二つの影が近づいてくる。

　保冷車から現われた男は、片手に懐中電灯を握っていた。もうひとりの男は、額にヘッドランプを装着していた。その腰には小型のバッテリーが固定されている。

　男は大柄で、筋肉も盛り上がっていた。二十六、七歳だろうか。木刀を手にしている。

　正体不明の男たちが立ち止まった。

　三メートルほど離れていた。更級は闘う気になった。

「なんで女を追い回すんだっ」

「そんなこと言えるかよ」

懐中電灯の男がせせら笑って、大柄な相棒に目配せした。ヘッドランプの男がうなずき、林に向かう気配を見せた。

更級は横に跳《と》んだ。大男の前に立ちはだかる形になった。

「どきな」

「そうはいかない」

更級は踏み込んで、相手の向こう脛《ずね》を蹴った。

鈍い音がした。ヘッドランプの光が揺れた。男が息を詰まらせた。だが、倒れなかった。

更級は数歩退《さ》がった。

男が右腕を翻《ひるがえ》らせた。空気が鋭く鳴った。

振り下ろされた木刀が、地べたを叩く。泥が撥《は》ねた。

男の口から呻き声が洩れた。手に痺《しび》れを覚えたのだろう。無防備な姿勢だった。

反撃のチャンスだ。

更級は地を蹴った。男の右腕を捉《とら》え、肩で押しまくる。

男が畑の畝《うね》に足を取られて、大きくよろけた。さらに押すと、男は尻餅《しりもち》をついた。

背を丸めた恰好だった。

更級は膝頭で、相手の顎を蹴り上げた。のけ反った顔面を蹴りつけ、木刀を素早く捥《も》ぎ取る。男は坐り込んだままだった。

更級は木刀を大きく振り被《かぶ》った。男の額を打ち据える。ヘッドランプが砕け、光が消えた。男が両手で額を押さえ、横に転がった。

更級は木刀で、男の腰をぶっ叩いた。骨が砕けたらしく、男は悲鳴めいた声を発した。すぐに更級は体の向きを変えた。

そのとき、懐中電灯の男が革コートの内ポケットを探《さぐ》った。摑《つか》み出したのは昼間のS《スミス》＆W《ウエッソン》 M19だった。

「動きやがったら、脳天吹っ飛ばすぞ」

男が喚《わめ》いて、撃鉄《ハンマー》を起こした。

その瞬間、更級は男の左手に小手打ちをくれた。懐中電灯が男の足許に落ちた。円《まる》い光が葱を照らす。

更級は、光の届かない場所まで後退した。

赤い銃口炎《マズル・フラッシュ》が閃《ひらめ》いた。一瞬、男の顔が浮かび上がった。殺意が漲《みなぎ》っている。

衝撃波が更級の頭髪をそよがせたが、弾は掠《かす》りもしなかった。だが、更級はわざと呻き声を洩《も》らした。撃たれた振りをしたのだ。

すると、男が小走りに近寄ってきた。

更級はにんまりして、木刀を水平に薙《な》いだ。空気が裂ける。

確かな手応えがあった。拳銃を持った男が叫び声をあげ、斜めに吹っ飛んだ。

更級は駆け寄って、男の右肩を撲《う》った。

木刀が弾む。手に痺れが伝わってきた。男の手から、拳銃が零《こぼ》れ落ちた。

更級は屈み込んで、片手で拳銃を探った。

指先が固い物に触《ふ》れたとき、後頭部に重い衝撃を感じた。頭の芯《しん》まで響いた。息が詰まった。どうやらヘッドランプのバッテリーで撲《なぐ》られたらしい。

更級は前に転がった。

転がりながら、木刀を横に泳がせる。すぐそばで、大柄な男が悲鳴を放った。男は腰に手を当て、棒のように倒れた。

更級は立ち上がった。

S&W《スミス ウエッソン》M19を持った男は、寝撃ち《ブローン・ポジション》の姿勢をとっていた。更級はジグザグに走った。

乾いた銃声が夜気を震わせた。銃弾は、的《まと》から大きく逸《そ》れていた。

更級は一気に間合いを詰めた。

木刀で男の頭を強打した。男が獣じみた唸《うな》り声をあげ、四肢を縮めた。

更級は、木刀を左手に持ち替えた。木刀の先で男の体を押さえつけ、リボルバーを奪い取った。銃口を相手のこめかみに押し当てる。

「う、撃たねえでくれ」

「そいつは、そっちの出方次第だな」

更級は言った。

大柄な男は近くで唸っているだけで、起き上がろうともしない。もはや仲間の加勢をする気も失せてしまったようだ。

「頼む、見逃してくれねえか」

さっきまで拳銃を握っていた男が、弱々しく言った。

「おまえら、何者なんだ？」

「義信会岩浪《いわなみ》組の者《もん》だよ」

男がしぶしぶ答えた。

義信会は、関東全域を支配している広域暴力団だ。傘下の組織は三十ではきかない。岩浪組は中核の組織で、新宿歌舞伎町一帯を縄張りにしている。

「なぜ、連れの女を追い回してるんだ？」

「その質問は勘弁してくれよ」

「死にたいらしいな」

「やめろ、撃たねえでくれーっ」

男が哀願した。

　更級は木刀を遠くに投げ捨て、足許に転がっている懐中電灯を掴み上げた。銃口を男の心臓部に移し、光の束を顔面に向ける。

　男が眩《まぶ》しげに目を細めた。その頭髪は血を吸って、べったりと頭皮にへばりついていた。顔面にも、鮮血が縞《しま》状にこびりついている。まるで西瓜《すいか》だった。

「いいかげんに喋《しゃべ》らないと、撃つぜ」

「おれたちは、逃げた女を捜してこいって言われたんだよ」

「誰にそう命令されたんだ？」

「組《うち》の舎弟頭の富塚《とみづか》さんにだよ」

「その富塚って野郎に言われて、おまえらはさっきの女をどこかで拉致《らち》したんだなっ」

「さらったのは、おれたちじゃねえんだ。別の連中だよ」

「その連中の名前を言え！」

　更級は声を張った。

「よく知らねえんだ。富塚の兄貴、詳しいことは何も教えてくれなかったんでな。おれたちは、女の監視役をやらされてただけなんだ」

「女の名前は？」

「あんた、そんなことも知らねえのかよ⁉」

「彼女とおれは、ただの行きずりの仲だからな。それに、あの娘《こ》は記憶を失ってるんだ」

「そうだったのか。あの女は石丸麻紀《いしまるまき》とかって名だよ。よくわからねえけど、財界の大物の娘かなんからしいぜ」

「営利目的で、彼女を誘拐したんだな?」

「そんなことまで知らねえよ、おれたちは」

「まあ、いいさ。石丸麻紀をこの近くのどこかに監禁してたんだなっ」

「ああ」

「そのアジトはどこにあるんだ?」

「ここから数キロ先の山の中だよ。夷隅《いすみ》郡の借家に麻紀って女を監禁してたんだ。だけど、あの女、トイレに行く振りして、きのうの晩、裸のまんま逃げ出しやがったんだよ」

「あの娘《こ》をずっと裸にしといたのか?」

「富塚の兄貴に、そうしろって言われたんだ。素っ裸にしておきゃ、逃げ出さねえと思ってたんだが……」

「おまえら、あの娘《こ》に何か悪さをしたなっ」

「四人で輪姦《マワ》しただけだよ。そのくらいの役得がなきゃ、やってらんねえからな」

男がそう言って、好色そうな笑みを拡《ひろ》げた。

レイプされたときの恐怖とショックで、石丸麻紀は一時的な記憶喪失症になったのだろう。

ヘッドランプを着けていた大男が、急に起き上がった。しかし、挑《いど》みかかってはこなかった。ただ、その場に突っ立っているきりだった。

「富塚って奴は、アジトにいるのか？」

更級は、横たわっている男に訊いた。

「まだ着いてねえと思うけど、今夜、兄貴がこっちに来ることになってんだ」

「それじゃ、おれをその借家に案内してもらおう」

「おれ、歩けねえよ。頭が割れそうに痛《いて》えんだ。骨にヒビが入っちまったんだろう」

「ここで死にたくなかったら、おとなしく立つんだな」

「わかったよ。立ちゃいいんだろっ」

男が捨て鉢に言って、のろのろと立ち上がった。相棒の大男が走り寄ってきて、男の体を支えた。

「保冷車で行こう」

更級は男たちを促《うなが》した。

二人の男は体を支え合いながら、先に歩きはじめた。更級はS＆W《スミス　ウエッソン》 M19を構えつつ、数メートル後《あと》からつづいた。

畑の中ほどまで歩いたとき、不意に銃声が夜の静寂を劈《つんざ》いた。散弾銃《ショットガン》の発射音だった。

前を行く二人が縺《もつ》れ合うような感じで、足を止めた。次の瞬間、またもや銃声が響いた。被弾した二人は抱き合うような恰好で、五、六メートル弾《はじ》き飛ばされた。

オレンジ色の火が瞬《また》いたのは、大型保冷車の助手席だった。

そこに仲間が潜《ひそ》んでいることなど考えてもみなかった。自分の迂闊《うかつ》さを罵倒《ばとう》しながら、更級は撃ち返した。銃弾は助手席のドアに当たった。

しかし、当たった角度が悪かった。弾はドアを撃ち抜《ぬ》くことなく、火花を放って闇に吸い込まれた。

更級は、また引き金《トリガー》を強く絞った。

しかし、銃弾は飛び出さない。硬い金属音だけが響いた。弾倉止め《シリンダー・ストップ》を前に押し、手首のスナップを利かせる。

蓮根《れんこん》の輪切りに似た弾倉が、左横に飛び出した。三つの空薬莢《からやっきょう》が残っているだけだった。

大型保冷車のエンジンがかかった。

更級は役に立たなくなったリボルバーを捨てて、スカイラインに駆け寄った。保冷車を追跡するつもりだった。

車のドアを開ける前に、思い留《とど》まった。急に石丸麻紀のことが気にかかったからだ。更級は林の中に走り入った。大声で呼びかけてみたが、麻紀の返事はなかった。無事に逃げてくれたようだ。

葱畑に戻る。

保冷車は見当たらなかった。畑に倒れた男たちは、どちらも微動だにしない。無数の散弾を喰《く》らって、ほとんど即死状態だったのだろう。

急げば、まだ保冷車に追いつくかもしれない。

更級はスカイラインに乗り込み、すぐに敵のトラックを追った。

一本道だ。運がよければ、数分で追いつくだろう。しかし、それは読みが浅かった。七、八百メートル先で、道は二股に分かれていた。どちらにも、タイヤの痕は残されていない。

更級は右の道を選んだ。

どこまで走っても、ヘッドライトの光の中に大型保冷車は浮かび上がってこない。四トン車は、どうやら左の道に進んだようだ。

いまから追っても、無駄だろう。葱畑に戻って、死んだ男たちのポケットを探ることにした。

更級は車をUターンさせ、来た道を引き返しはじめた。

対向車は一台も通りかからない。フルスピードで走った。やがて、右手に葱畑が見えてきた。スカイラインを停めたとき、更級はダンプカーが消えていることに気づいた。

ダンプカーの中にも、仲間が潜《ひそ》んでいたのだろう。だとしたら、死んだ男たちは運び去られたかもしれない。

更級は大急ぎで外に出た。

畑に駆け込む。やはり、二つの死体は掻《か》き消えていた。壊れたヘッドランプや武器の類《たぐい》も見当たらなかった。

麻紀は無事なのだろうか。逃げる途中で、運悪く敵の人間に見つかってしまったのではないのか。

更級は車に戻った。

寂しい道をひた走りに走り、表通りに出た。二九七号線だ。右折して、勝浦の市街地に向かう。

十分ほど走り、更級は車を路肩に寄せた。私物のスマートフォンを使って、ホテルに連絡する。麻紀は無事に部屋に戻っていた。

「道に沿って林の中をしばらく歩いてから、車道に出たんです。そのまま歩いてたら、地元の方の軽トラックが通りかかったんで、乗せてもらったんです」

「そうか。とにかく、よかった」

「更級さんも無事なんですね？」

「頭に瘤《こぶ》をつくっただけだよ。そうだ、きみの名前がわかったぞ」

「どうしてわかったんですか？」

「男のひとりが吐いたんだ。きみは石丸麻紀という名だよ。父親は財界人らしい。きみは奴らに誘拐されたんだな」

「わたし、誘拐されたんですか⁉　名前は石丸麻紀なんですね？」

「多分、間違いないだろう。ペンダントの刻印にもＭＡＫＩと記《しる》されてたんだよね？」

「ええ。でも、記憶が途切れたままで、更級さんにそうおっしゃられても、なんか実感がなくて……」

「無理に思い出そうとしなくてもいいんだ。とにかく、おれもホテルに戻る。詳しい話は後《あと》にしよう」

更級は通話を切り上げ、すぐさま車を発進させた。

ホテルに戻ったのは、およそ二十分後だった。部屋のドアが細く開いていた。それを目にした瞬間、胸に禍々《まがまが》しい予感が湧いた。

更級は室内に駆け込み、麻紀の名を呼んだ。

返事はなかった。寝室はもちろん、洗面室やトイレも覗いてみたが、彼女の姿はどこにもなかった。

岩浪組の奴らが連れ去ったのだろうか。

更級は部屋の電話機で、フロントを呼んだ。電話口に出たのは顔馴染みのフロントスタッフだった。

「連れの女性が部屋にいないんだ。彼女、外出したのかな？」

「お連れさまなら、ついさきほど警察の方たちとご一緒に出て行かれましたよ」

「なんだって⁉　そいつら、私服だったの？」

「ええ」

「どこの署の者だと言ってた？」

「それは、おっしゃいませんでした。おひとりがＦＢＩ型の警察手帳をちらりと見せてくれただけです。刑事さんたちは詳しいことは言いませんでしたが、更級さまのお連れの女性がコカインを所持している疑いがあるとかで……」

「彼女を強引に連れてったんだな」

「はい」

「そいつらは、おそらく偽刑事だろう」

「ええっ。そういえば、なんか柄が悪かったですね」

「その男たち、どっちに行った？」

「青っぽいセダンに乗り込んだところまでは見たんですが、その後のことは……」

「そうか」

「これから警察に通報いたします。あの二人が偽刑事だとしたら、大変なことですから」

「いや、しばらく伏せといてくれないか。ちょっと事情があるんだ。下手に騒ぎ立てたりしたら、彼女の命が危なくなるかもしれないんだよ。とりあえず、おれが心当たりのある所を回ってみる」

更級は電話を切ると、そのまま部屋を飛び出した。

夷隅《いすみ》郡の山間部を車で走ってみるつもりだった。しかし、敵のアジトが山の中の借家であることしかわからない。その手がかりも、信用できるかどうか怪しかった。無駄骨を折ることになるかもしれないが、行くだけは行ってみることにした。

更級はエレベーターに乗り込んだ。

4

少しも酔えなかった。

すでに更級は、スコッチのハーフボトルを二本空けていた。

ホテルの部屋である。時刻は午前一時近かった。

気持ちが晴れない。

心の襞《ひだ》に棘《とげ》が刺さったような感じだ。車で夷隅郡をくまなく走ってみたが、それらしい借家は探し出せなかった。大型保冷車もダンプカーも目に触れなかった。

石丸麻紀は、別の場所に連れ込まれたのだろうか。それとも、やはり山の中の借家に監禁されたのか。もう少し用心深く行動していれば、こんなことにはならなかったにちがいない。

更級は悔やんでも悔やみきれなかった。

麻紀は行きずりの他人にすぎない。それでも、何か借りを作ってしまったような気がする。できれば自分の手で、彼女を救い出してやりたい。

麻紀の父親は名のある財界人のようだ。父親のことを調べれば、男たちの企《たくら》みがわかるかもしれない。情報収集班のスタッフが誰か本部にいるだろう。

更級はソファから立ち上がって、奥のベッドルームに歩《ほ》を運んだ。

窓側のベッドに腰かけ、懐から特殊スマートフォンを摑み出した。そのとき、着信音が鳴りはじめた。

発信者はボスの植草甚蔵だった。

「もう寝てたんちゃうか?」

「いいえ、酒を飲んでました」

「それやったら、少しお喋りさせてもらうで」

植草は名古屋の出身だが、おかしな関西弁を操る。主体は大阪弁だが、時に京言葉や神戸訛《なまり》が混じる。

「何か緊急連絡なんですね？」

「まだそれほど差し迫ったことでもないねんけど、一応、きみの耳に入れとったほうがええんやないか思ってな。いまタップしたのは、特殊スマホのナンバーやろ？」

「ええ、そうです。ボス、何があったんです」

「ここ数日の間に、五人の若い女性が行方不明になってるそうや。それも、まるで神隠しに遭《お》うたみたいに、なんの前ぶれもなく忽然《こつぜん》と消えてるねん」

「五人の失踪者に何か共通点は？」

「みな、成功者の娘や孫娘やねん。それから、五人とも二十代やな」

「消えた五人の名前はわかってるんですね？」

「ああ、わかってるで。松浦繁敏元首相の次女の美晴《みはる》、横内克洋現民自党副総理の孫娘のいづみ、森行雄日本医師会会長の長女の倫子《のりこ》、古川道貴全日本商工会議所会頭の長女智子《ともこ》、そして西急コンツェルンの石丸寛治会長の長女の麻紀やねん」

「彼女は、あの石丸寛治の娘だったのか」

「なんぞ思い当たることがあるんか？」

「実はきのうの晩、石丸麻紀と思われる女をホテルに泊めてやったんですよ」

更級はそう前置きして、経緯《いきさつ》をつぶさに語った。

「その娘は十中八九、石丸麻紀やろうな。麻紀は一昨日《おととい》の朝、砧《きぬた》の乗馬クラブで早朝トレーニングをした後、消息を絶ったそうや」

「そうだったのか」

更級は、自分を罵《ののし》りたい気分だった。

麻紀の名を知ったとき、なぜ石丸寛治と結びつけて考えなかったのか。石丸の知名度があまりにも高いことが盲点になってしまったようだ。

石丸寛治は鉄道会社、デパート、不動産会社、観光、流通産業など数十社を傘下に収める巨大複合企業の総帥《そうすい》だった。

といっても、まだ五十代の後半だ。二代目経営者である。

先代も遣《や》り手だったが、二代目の経営手腕は卓抜だ。経営の天才とまで謳《うた》われている。

親から譲り受けた資産をたった数年で、五倍ほどに膨らませた。

その後も、伸びる一方だ。アメリカの経済誌の発表によると、その個人資産は二百兆円を超えるらしい。

「石丸寛治ほどやないけど、ほかの四人の成功者も相当な金満家《きんまんか》や」

「となると、身代金《みのしろきん》目当ての計画的な誘拐でしょうね？」

「そうやろな。それも、大がかりな誘拐組織の犯行や思うねん」

「でしょうね、政財界の大物たちの娘や孫娘をやすやすと拉致したわけですから。ひょっとしたら、国際的な組織なのかもしれないな」

「考えられんことやないだろう。そこで例によって、きみらに首謀者を突き止めてほしいねん。もちろん、人質の救出もしてもらわなならんで」

「さっそくメンバーに招集をかけて、明日から動きはじめます」

「よろしゅう頼むで」

「わかりました。話を戻すようですが、失踪者の身内は当然、もう警察には捜索願を出してるんでしょうね？」

「もちろん、警察はもう動いとるらしいわ。けど、マスコミにはいっさい発表をしてないねん。誘拐やったら、人質の命を第一に考えなならんさかいな。わしとこには、警察庁におる協力者が情報を流してくれてん」

「ボスの援助で大学を出た白崎氏ですね？」

「学費を出してやったんはもう二十年も昔やのに、なかなか律儀な奴や」

植草は子供に恵まれなかった。妻はとうの昔に他界している。そんなこともあって、ボスは四十代のころから、交通事故の遺児たちの面倒を見てきた。

その数は百人近い。その多くが各分野で活躍し、植草にさまざまな情報を提供している。

「なんや話を脱線させてしもうたな。そや、言い忘れとったけど、五人の失踪者の家にはまだ身代金の要求はないそうや。そやから、まだ誘拐事件とは断定できへんわけやけどな」

「いつか犯人側は、必ず何か要求してくるでしょう。それが現金かどうかはわかりませんがね」

「金やないとしたら、何を要求する気なんやろ？」

「株券などの証券類か、美術品かもしれません」

「けど、そういうものは換金に手間どるし、身許もわかってまうで」

「プロの誘拐組織だとしたら、裏社会にも通じてるはずです。ですから、盗品でも何でもわけなく現金化できると思います。かえって現ナマを要求するよりも安全かもしれませんよ」

「そうやな。国内にも怪しげなブローカーがおるけど、香港には故買屋《こばいや》の組織があるそうやからな」

「その話は、わたしも聞いたことがあります。それはそうと、情報収集班の連中は今度の事件に関する情報をすでに集めはじめてくれてるんですか？」

「ああ、もう動いてもらってるわ」

「それは助かります。彼らの集めてくれるデータは、とても役立つんですよ」

更級は言った。社交辞令などではない。事実、更級は情報収集班のスタッフには密《ひそ》かに感謝していた。

『牙』本部の地下室にはスーパーコンピューターが三台あり、国内外のありとあらゆる情報がインプットされている。もちろん、百六十カ国に張り巡らされているインターネットともアクセスできる。

また同じ地下一階には、武器弾薬庫があった。そこには西側の拳銃をはじめ、自動小銃、短機関銃、多用途機関銃などが揃っている。

数こそ少ないが、ロシアや東欧の突撃銃もあった。手榴弾《しゅりゅうだん》や高性能炸薬《さくやく》も豊富だ。いずれも植草が裏ルートで、パキスタンの武器商人から手に入れた代物である。

処刑班のメンバーは仕事に取りかかるときは、それぞれが必要に応じて銃器を選んでいた。

更級は、グロック32を使うことが多かった。オーストリア製の高性能拳銃だ。

「なあ、更級君。明日、もういっぺん夷隅郡のあたりを回ってみてくれんやろか。無駄やと思うけど、念のためにな」

「わかりました。明日の夕方までには東京に戻ります」

「そうか。ほな、またな」

植草が先に電話を切った。

更級は通話を切り上げ、野尻健人《のじりけんと》の特殊スマートフォンを鳴らした。

二十七歳の野尻は、フランス陸軍の外人部隊《レジョン・エトランジェール》にいた男だ。銃器の扱いには、いちばん馴《な》れている。ナイフ投げも得意だった。

小生意気なところがあるが、性格はさっぱりしている。上背《うわぜい》があって、筋肉も発達していた。野尻は車と女に目がない。

電話が繋がった。

名乗った野尻の声は弾んでいた。女のなまめかしい声も、かすかに聞こえる。

どうやら野尻は女と体を繋《つな》いだまま、受話器を掴み上げたらしい。

「おれだよ」

「なあんだ、チーフか」

「ご挨拶だな。緊急連絡だ。ベッドから出て、女から遠ざかれ」

「お見通しか、まいったなあ。ちょっと待っててよ。もう少しで終わりそうなんだ」

「ばかやろう、甘ったれるなっ。とにかく、女から離れるんだっ」

「わかったよ」

野尻の声が沈黙した。物音も途絶《とだ》えた。送話口を手で封じたのだろう。

少し待つと、野尻の不機嫌そうな声が響いてきた。

「リビングに移ったよ。それにしても、ちょっと野暮なんじゃないの？」

「いいから、黙って聞け」

更級は、ボスから聞いた話を詳しく伝えた。すると、野尻が言った。

「たいした事件《ヤマ》じゃないみたいだから、おれは脱《ぬ》けさせてもらいてえな。明後日《あさって》、ベッドにいる女とロスに遊びに行くことになってんだよ」

「ロス行きはキャンセルするんだな」

「ちぇっ。いっつも、これだもんなあ。おれたちがどう頑張ったって、この世の中から悪党どもはいなくならねえのに」

「そのうち、まとめて愚痴を聞いてやろう。明晩十時に、本部に顔を出してくれ」

「ああ、わかったよ」

「女を抱き終えたら、ジュリアンに連絡しといてくれ」

更級は電話を切った。

ジュリアンというのは、最年少のメンバーである。吉永克也《よしながかつや》という名をもつゲイだ。

二十二歳だった。ジュリアンは、ふだん麻布十番にあるゲイバーに勤めている。店では一、二を争う売れっ子らしい。

体は華奢《きゃしゃ》で、背もあまり高くない。格闘の類《たぐい》は、からきし駄目なほうだ。ただ、ジュリアンは男色趣味のある政財界人や文化人などにかわいがられている。情報集めには役立つ存在だった。

更級は、またアイコンをタップした。

芳賀卓《はがすぐる》は、渋谷のビジネスホテルを塒《ねぐら》にしている。もちろん、独身だ。更級よりも二つ若い。

芳賀は、どこか哲学者めいた風貌をした物静かな男だ。酒も煙草も嗜《たしな》まない。航空自衛隊のジェット・パイロット上がりだった。

退官した後、芳賀は数年間、世界を放浪した。そのせいか、語学力は抜群だった。英、仏、独語はもちろん、イタリア語やスペイン語も操れる。

放浪の後《のち》、芳賀はアメリカの生命保険会社に雇われ、危険抹消人《リスク・エリミネーター》になった。平たく言えば、暗殺防止人のことだ。

しかし、要人たちの番犬暮らしは性《しょう》に合わなかったようだ。そんなわけで、芳賀は処刑チームに加わったのである。彼をスカウトしたのは前チーフの生駒だった。

常に芳賀は冷徹で、決断が速い。頼りになる部下だった。

呼び出し音が虚《むな》しく鳴っている。

芳賀は外出しているらしい。諦《あきら》めかけたとき、芳賀の声が流れてきた。

「更級さんですね？」

「そうだ。寝てたのか？」

「いいえ、風呂に入ってたんですよ」

「そうか。ボスの指令があったんだ」

更級は、令嬢たちの失踪について喋った。

例によって、芳賀との遣《や》り取りは短かった。彼は無口だった。無駄口は一切《いっさい》きかない。

最後に、一ノ瀬悠子のマンションに連絡した。スリーコールで、電話は繋《つな》がった。

「あら、もう東京に戻ってきたの。わたしのわがままにつき合ってくれる気になったのね」

「早合点するな。招集の連絡だよ」

「そうなの。つまらなーい」

悠子が言葉に節をつけた。

更級は苦笑して、事務的な口調で事の経過を話した。口を結ぶと、悠子が言葉を発した。

「麻紀さんはいかがでした？」

「どういう意味なんだ？」

「朝まで彼女と一緒だったわけでしょ？」

「くだらない想像をするな。そんなことより、明日の集合時間を忘れるなよ」

更級は一方的に言って、通話を切り上げた。公私のけじめをつけることを彼は自分に課していた。

悠子のほうも、組織の活動中は決して妙な甘えは見せない。言葉遣《づか》いも、部下らしくなる。そうした彼女の姿勢は好ましかった。

更級は部屋を出て、地下駐車場に下《くだ》った。

スカイラインでホテルの前のロータリーを一周して、地下駐車場に戻った。車を降りたとき、更級は首筋に他人の鋭い視線を感じた。さりげなく首を巡らせる。

コンクリート支柱の陰に、三十歳前後の男が立っていた。暴力団員風の身なりだった。目が合うと、男は黒いキャデラック・セビルに乗り込んだ。

米国車は、ほどなく駐車場から出ていった。

更級はエレベーターホールに向かった。

十一階で降りる。更級は部屋に向かいながら、周《まわ》りを注意深くうかがった。怪しい人影はなかった。

だが、部屋のドアの前に油紙にくるまれた包みが置かれていた。

更級は屈み込んだ。針音は聞こえない。時限爆破装置ではなさそうだ。

中身を検《あらた》め、一瞬、ぎょっとした。

豚の生首だったからだ。しかも、なぜだか片目は刳《く》り貫《ぬ》かれていた。抉《えぐ》られた眼窩《がんか》には、半ば凝固しかけた血糊が溜《た》まっている。

首の下の切り口は、まだ生々しかった。肉のささくれが吐き気を誘う。ほんの少し前に、豚は首は斬り落とされたにちがいない。

これは、敵の警告だろう。キャデラック・セビルの男の仕業《しわざ》のようだ。

更級は豚の生首を処分して、一一〇八号室に入った。

数分過ぎると、部屋の電話が鳴った。

すぐに受話器を取った。交換手の告げた名に馴染みはなかったが、電話を繋いでもらった。

「プレゼントした物は兜《かぶと》焼きにするといいよ。鮪《まぐろ》の兜焼きより、うまいと思うぜ」

男の濁った声が流れてきた。

「義信会岩浪組の富塚だなっ」

「おかしな気を起こさねえことだな。てめえのために、若い者《もん》を二人も犠牲にしたんだ。これ以上、嗅ぎ回ると、今度はあんたの首をちょん斬ることになるぜ」

「ほざくな、チンピラめ！」

「なんだとっ」

「すぐにとんがるのは、まだチンピラの証拠だ。それで、よく岩浪組の舎弟頭が務まるな」

「おれは、岩浪組とはなんの関係もねえ男だ」

「シラを切っても無駄だよ。おまえの舎弟が、もう吐いちまったんだ」

更級は誘い水を撒《ま》いた。

男が口を閉ざした。肯定の沈黙だろう。

「富塚、石丸麻紀はどこにいるんだ?」

「とにかく死にたくなかったら、女のことは忘れるこったな」

男が凄んで、電話を乱暴に切った。

電話の相手は、富塚に間違いないだろう。これで、ひとつ手がかりを掴んだことになるのではないか。

更級はそう考えながら、受話器をフックに戻した。

第二章　謎の誘拐組織

1

人影が不意に現われた。

更級は慌《あわ》ててブレーキを踏んだ。体が前にのめる。だが、衝撃はなかった。

ほっとして、顔を上げる。

スカイラインのすぐ前に、三十三、四歳の男が立っていた。完全に進路を阻《はば》む恰好だった。

薄暗くて、顔はよく見えない。下馬にある自宅マンションの地下駐車場のスロープだ。

更級はヘッドライトを点けた。

光をまともに受けて、男が顔を背《そむ》けた。羽柴和巳《はしばかずみ》だった。弁護士をしている古い友人だ。

更級は気が重くなった。会いたくない旧友だった。羽柴が片手をこころもち挙げ、懐かしそうに笑いかけてきた。更級は表情を変えなかった。

羽柴が運転席に近づいてきた。

更級は、無言でパワーウインドーを下げた。羽柴が立ち止まって、先に口を開いた。

「久しぶりだな」

「ああ。会うのは、五年ぶりかそこらだろう」

「更級は、ほとんど変わってないじゃないか。おれは、すっかり太っちゃったよ」

「用件を言ってくれ」

「実は、相談に来たんだ」

「相談？」

「そう、妻のことでな。昼すぎから、ずっとおまえの帰りを待ってたんだよ。部屋に入れてくれないか。ちょっと深刻な話なんだ」

「奈穂《なほ》、いや、奥さんがどうしたっていうんだ？」

無意識に更級は、早口で問いかけていた。羽柴奈穂は、かつての恋人だった。

「ここじゃ、ちょっと話しにくいな。ほんの十分かそこらでいいんだ」

「わかった。おれの部屋で話を聞こう。後から従《つ》いてきてくれ」

更級は言い置いて、ふたたび車を発進させた。スロープを一気に下《くだ》る。背広姿の羽柴が駆け足で追ってきた。専用スペースに車を駐《と》め、羽柴を待つ。

羽柴は、すぐにやってきた。

息遣いが荒い。羽柴は肩を大きく弾ませていた。確かに五年前よりも、だいぶ肉が付いている。仕事が軌道に乗って、貫禄《かんろく》がでてきたのだろう。

二人は気まずく黙り込んだまま、エレベーターの函《ケージ》に乗り込んだ。更級の部屋に入るまで、どちらも口をきかなかった。

リビングソファに坐る。室内の空気は濁っていた。だが、更級は換気する気にもなれなかった。

「奈穂が一昨日《おととい》の朝から行方不明なんだよ」

羽柴が切り出した。

「どういうことなんだ？」

「最初はおれとの暮らしに厭気《いやけ》がさして、発作的に家出をしたのかと思ったんだが、どうもそうじゃなさそうなんだ」

「奥さんがいなくなったときの状況を詳《くわ》しく話してくれ」

「ああ、わかった。奈穂は一昨日の朝、家の近くにあるテニスクラブに早朝練習に出かけたんだ」

「それで？」

「練習を終えて帰宅する途中でぷっつりと消息が……」

「クラブには、いつもひとりで通ってたのか？」

更級は脚《あし》を組んで、マールボロに火を点けた。

「ああ。行きも帰りも、たいていひとりだったんだ」

「クラブには、自転車かスクーターで通ってたのか？」

「いや、徒歩で通ってたんだ。コートは、家から歩いて七、八分の場所にあるんだよ」

「というと、同じ成城八丁目だな？」

「いや、テニスコートのあるあたりは調布市の入間町になるんだ」

夫婦は、羽柴の生家で暮らしている。羽柴の父親も、死ぬまで弁護士として活躍していた。

「話をつづけてくれ」

「おそらく奈穂は、何者かに拉致されたんだと思う。家から三百メートルほど離れた路上に奈穂のラケットが落ちてたことが、きのう警察の調べでわかったんだ」

「きのう？　奥さんがいなくなったのは、一昨日《おととい》の朝なんだろう？」

「いま、説明するよ。一昨日の朝、バイクで通りかかった乳酸飲料の配達員が奈穂のラケットを拾ったらしいんだが、そのまま黙ってたようなんだ。現金や貴金属じゃないから、届け出るのが面倒だったんだろうな。しかし、警察の聞き込みがあって、そのことがきのうになってわかったんだよ」

「そういうことか」

　更級は、短くなった煙草の火を消した。

「警察は営利誘拐の可能性もあるからと発表を控えてくれてるんだ」

「当然だろうな」

「しかし、これは身代金目当ての犯行じゃないね。おれは、そう考えてるんだ」

「羽柴、何か思い当たることがあるんだな」

「おまえ、『救魂教《きゅうこんきょう》』って新興宗教団体のことを知ってるだろう?」

「ああ、少しは。マスコミでいろいろ取り上げられてるからな。なんでも若い教祖が超能力で数々の奇跡を起こして、信者たちの心身の悩みを取り除いてやってるって話じゃないか」

「人体透視術で成人病を見つけて、たちどころに治すなんて派手なキャッチフレーズで信者たちを集めてるけど、あんなのはどうせインチキさ」

　羽柴が吐き捨てるように言った。

「しかし、若い連中にはすごい人気らしいじゃないか。年々、信者が増えて、いまや全国に二十数カ所の支部を持つまでになったんだろう?」

「いまの若い奴らは醒《さ》めてるとか言われてるけど、超科学的なものにはとても弱いんだよ」

「そうみたいだな」

「教祖はヨガの修行でさまざまな超能力を体得したなんて言ってるけど、何かトリックを使って、若い信者たちを騙《だま》してるんだよ。手で撫でるだけで癌が治るんだったら、医者はぜんぶ失業しちまう」

「おまえ、『救魂教』に対して悪意を抱いてるようだな」

「実はおれ、信者の親たちに泣きつかれて、いろいろ法的な相談に乗ってやってたんだよ」

「法的な相談？」

更級は訊き返した。

「そう。『救魂教』は入信者に浄財と称して一口百万円の寄附をさせた上に、教祖の愛人を受取人にした高額の生命保険を掛けさせてるんだ」

「高額って、どのくらいなんだ？」

「七千万から一億円だよ。その保険料や寄附金を支払うため、若い信者たちは親に内緒で怪しげな金融業者から借金してるんだ。それで、親たちが困ってるんだよ」

「取り立て屋たちが、親許に押しかけてるわけだな？」

「そうなんだ。教団に胡散臭《うさんくさ》さを感じた親たちが被害者同盟を結成して、寄附金という名目で詐取《さしゅ》されたお金の返済と生命保険の解約を要求しはじめたんだよ。実は、その折衝《せっしょう》をおれがやってたんだ」

「で、どうなったんだ？」

「教団側もなかなか強気でな。折衝は捗々《はかばか》しくないんだ。信者たちが若いといっても、大部分はもう成人だから、法的な規制ではどうにもならない面があってさ」

「だろうな。そんなことで、教団がおまえの存在をうるさがるようになったわけか」

「そうなんだ。現に、事務所や自宅に何回も脅迫電話がかかってきたし、信者らしい集団が家の前をうろついたりしてる」

「警察にそのことは？」

「当然、通報したさ。しかし、なぜか警察はあの教団に対して及び腰なんだよ。もしかしたら、教団のバックには超大物が控えてるのかもしれない」

「考えられないことじゃないな」

「おれは、『救魂教』の奴らが奈穂をどこかに連れ去ったんだと確信してるんだ。連中は、おれに被害者同盟から手を引かせようとしてるのさ」

「そうだとしたら、奥さんはしばらくどこかに監禁されることになるな」

「監禁されるだけだろうか」

羽柴が沈痛な面持《おもも》ちで呟《つぶや》いた。

「まさか殺すようなことはないだろう」

「これまでに三、四人、あの教団の若い信者が不審な死に方をしてるんだ。奴らは、都合が悪くなれば、平気で人を殺すんだよ」

「そいつは、考えすぎじゃないのか。いくら胡散臭い連中でも、そこまではやらないと思うがな」

「いや、奴らは場合によっては奈穂を殺すだろう。おれは、それを恐れてるんだ。しかし、おれ自身や事務所の調査員は教団側に顔を知られてるから、迂闊《うかつ》には近づけない」

「だから、おれに代役を引き受けてほしいってわけか？」

「そうなんだ。いまさら更級にこんなことを頼める義理じゃないんだが……」

「悪いが、おれは力になれない。いま抱えてる仕事で手一杯なんだ」

更級はきっぱりと断った。

「そうか、おまえは昔のことに拘《こだわ》ってるんだな。奈穂のことを恨んでるんだろう？」

「彼女のことは、もう何とも思っちゃいないよ」

「ごまかすなっ。おまえは、いまも奈穂のことを赦《ゆる》してないにちがいない。だから、あいつがどうなってもかまわないと思ってるんだろ？」

「羽柴、そいつは誤解だ」

「女々《めめ》しい奴だな。見損なったよ。一度は愛した女じゃないかっ。わかったよ、もう頼まない！」

羽柴が言い募《つの》って、憤然と席を立った。

更級は引き留《と》めなかった。羽柴は玄関ホールに走り、間もなくドアの向こうに消えた。更級は微苦笑して、煙草をくわえた。

羽柴は、司法研修時代の同期生だった。たまたま同じ年齢ということで、なんとなく親しくなった。

羽柴は坊ちゃん育ちのせいか、多少わがままな面があった。だが、性格は悪くなかった。二人はちょくちょく寮を脱け出し、夜遊びを愉《たの》しんだ。

その当時、更級はまだ女子大生だった奈穂と交際していた。奈穂は聡明で、たいそう美しかった。性格もおっとりしていた。がさつなところはなかった。他人にも思い遣《や》りがあった。

更級は漠然とではあるが、将来、奈穂と結婚したいと考えていた。奈穂のほうも、同じことを望んでいる節《ふし》があった。

二人の関係に翳《かげ》りがさしたのは、更級の司法研修が終わりに近づいたころだった。

望まぬ子ができてしまったのだ。更級は、まだ一人前の法律家ではない。当然のことのように、中絶手術を受けることを勧めた。

すると、カトリック教徒の奈穂は頑《かたく》なに子供を堕《お》ろすことを拒んだ。それだけではなかった。大学をやめ、ひとりで子を産むとさえ言い張った。

更級は困惑した。その様子に気づいた羽柴が見かねて、奈穂の説得に何度か出かけた。それでも、奈穂の意思は変わらなかった。

更級と奈穂の間に、重苦しいものが生まれた。遣《や》りきれない日々がつづいた。

奈穂が流産したのは、妊娠三カ月のころだった。

口にこそ出さなかったが、更級は内心ほっとした。奈穂のほうは逆だった。自分の不注意を哀《かな》しいまでに責め、その果てに左手首を西洋剃刀で掻《か》き切った。幸い発見されたのが早く、大事には至らなかった。

その事件は、二人に大きな痼《しこ》りを残した。

会っていても、いつしか心が寄り添わなくなっていた。更級が晴れて検事になった日、奈穂は彼の許《もと》から去っていった。

更級は奈穂を追わなかった。

未練がないわけではなかった。しかし、追ったところで、溝が埋まるとは思えなかった。さらに奈穂を傷つけることは忍びない気がした。

それから何年かが流れた。

そんなある日、更級は奈穂と羽柴が婚約したことを知った。羽柴の告白によると、彼は傷心の奈穂を密かに慰めつづけたらしい。そうこうしているうちに、二人の間にいつか愛情が芽生えたのだろう。

よくある話だ。更級は、さほど驚かなかった。奈穂や羽柴を恨む気にもなれなかった。とはいえ、羽柴とつき合いつづけるだけの図太さもなかった。こうして更級は、羽柴と疎遠になったわけだ。

指の先が熱くなった。

追想に耽《ふけ》っているうちに、煙草はフィルターの近くまで灰になっていた。

更級は大急ぎで喫《す》いさしのマールボロを灰皿の中に投げ捨てた。捩《ねじ》れた吸殻を抓《つま》んで、それで火を消した。

そのとき、特殊スマートフォンが着信音を奏《かな》ではじめた。

更級は特殊スマートフォンを耳に当てた。発信者は木下有一《きのしたゆういち》だった。情報収集班のチーフである。といっても、まだ三十一歳だ。

「このところ若い女性が相次いで失踪してるって話は、もうボスからお聞きですよね？」

「ああ、聞いたよ」

「その一連の事件に関係があるのかどうかわからないんですが、一昨日の早朝、ある生物工学研究所の男性研究員が調布市入間町にある自宅を出たまま、なぜか消息を絶ってるんですよ」

「入間町か」

　更級は唸った。

　一昨日の早朝、羽柴奈穂が入間町にあるテニスコートから自宅に戻る途中に姿を晦《くら》ましている。日時と場所が符合するのは、ただの偶然なのか。

「更級さん、どうされました？」

「いや、何でもない。その消えた研究員のことをもう少し詳しく教えてくれないか」

「はい、わかりました。名前は峰岸利明《みねぎしとしあき》といいます。三十六歳です。七年前に結婚して、五歳の娘がひとりいます」

「研究所の名称は？」

「京和《きょうわ》製薬附属生物工学研究所です。調布市内にあります」

「研究所が設立されたのは？」

「ちょうど二十年前です。スタッフは所長を含めて約八十人です。そのうちのおよそ七割が男性ですね」

「京和製薬といえば、業界二位の売上を誇る大手だよな？」

「ええ、そうです。研究所の規模も二番手ですね」

「峰岸氏は、どういった研究をしてたのかな」

「主に制癌剤の研究に携《たずさわ》ってたようです。峰岸氏は日本の大学を卒業した後、アメリカのスタンフォード大学で三年間、遺伝子工学の勉強をしてるんですよ」

「学会で発表したもので、大きな業績は？」

「特に目立った業績はないようです」

木下が答えた。更級は無言でうなずいた。

「一連の失踪事件には関係ないと思いますけど、一応、念のために更級さんのお耳に入れておいたほうがいいかもしれないと思ったものですから」

「それは、わざわざありがとう。ところで、例の五人の失踪女性の家族の動きは？」

「松浦元総理の私邸をはじめ、横内、森、古川、石丸の各家にも捜査員たちが詰めてることは警察無線を傍受して確認済みです」

「そう。警察は当然、逆探知器をもうセットしてあるんだろうな？」

「ええ、それも確認しました。しかし、身代金の要求はまだどこにもないはずです」

「そのまま傍受をつづけてくれないか。うちの班は、とりあえず、それぞれの家やオフィスの電話回線に盗聴器を仕掛けるつもりだ」

「もし、手が足りないようでしたら、いつでもうちのメンバーをお貸ししますよ」

「それはありがたいな。今夜、うちのメンバーが本部に集まるんだが、それまでに『救魂教』に関するデータを揃えておいてもらえないか」

「ああ、あの怪しげな新興宗教団体ですね。あの教団が、一連の事件に絡《から》んでるんですか?」

「いや、そういうわけじゃないんだ。別の失踪事件に関わりがありそうなんで、ちょっと資料に目を通しておきたいんだよ」

「そうですか。まるでイエス・キリスト気取りの渥美宗成《あつみむねなり》って教祖には、なんか後ろ暗い過去がありそうですね。教団の動きなどは把握してるんですが、渥美の正体がどうもよくわからないんですよ」

「ちょっと待ってくれ。横浜の日吉《ひよし》にある本部や二十数カ所の支部の土地や建物は当然、教祖の名義で登記してあるんだろう?」

「それがそうじゃないんですよ。いつか登記所で調べたら、教団の不動産はすべて折戸房江《おりとふさえ》という女性の名で登記されてたんです」

「その女は何者なんだい?」

「多分、渥美の内縁の妻なんでしょう。信者たちが強制的に掛けさせられてる生命保険の受取人も、その女の名義になってるんですよ。文科省の宗教課に提出された書類には、その折戸って女が教団主となってます」

木下が言った。すぐに更級は、疑問を口にした。

「なぜ、わざわざ別の人間の名義にする必要があるんだろうか。宗教法人なら、税金対策ってことはないよな?」

「ええ、きっと渥美自身が表面に出られない理由《わけ》があるにちがいありません」

「そう考えるのが自然だろうな。それはそうと、最近、義信会におかしな動きはないか？　西急コンツェルンの石丸会長の娘を拉致《らち》した連中は、義信会岩浪組の連中かもしれないいんだよ」

「そうですか。義信会は神戸の最大組織ともずっと蜜月の関係がつづいてますから、抗争の動きはありません。もちろん、裏ではご法度《はっと》のはずの覚醒剤やマリファナを大量に動かしてますから、地方の中小暴力団と時たまぶつかったりはしてますけどね。資金面では、かなり余裕があるはずです」

「だとすると、組そのものが事件に関与してるわけじゃなさそうだな」

「関わってるとしたら、組員個人の頼まれ仕事でしょうね」

「そうなのかもしれないな。岩浪組の舎弟頭を務めてる男で富塚って奴がいると思うんだ。そいつの自宅の住所を調べといてくれないか」

「わかりました」

木下の声が途切れた。

更級は静かに電話を切った。羽柴が言っていたように、奈穂は『救魂教』の連中に連れ去られたのだろうか。同じ日時と場所で、生物工学研究所の男性スタッフが消えている事実がどうも引っかかる。

もしかしたら、奈穂は峰岸が何者かに拉致される現場を見てしまったのではないのか。あるいは、その逆かもしれない。

どっちにしても、家出の動機がまったくないとすれば、二人とも誰かに連れ去られたのだろう。

しかし、奈穂たちの失踪と五人の消えた女を結びつけるものは何もない。奈穂のことも気がかりだが、当面の仕事に専念しなければならない。

更級は、長椅子から立ち上がった。浴室に向かう。本部に出かける前に、ゆっくり湯船に浸《つか》るつもりだった。

2

尾行されていた。

気のせいではない。後ろを走るグレイのメルセデス・ベンツは高井戸ＩＣ《インターチェンジ》から、ずっと追尾《ついび》してくる。夜の中央高速の下《くだ》り線だ。

更級は、国立市の外れにある『牙』の本部に向かっていた。

追尾してくるのは、岩浪組の富塚という舎弟頭かもしれない。だとしたら、このまま本部に直行するわけにはいかない。

どこかに誘い込んで、少し痛めつけることにした。

更級は、スカイラインのアクセルを深く踏み込んだ。すぐにミラーを見上げる。ベンツが加速した。やはり、尾けられていることは間違いない。

すでに三鷹料金所を通過していた。

しばらく走ると、調布ICが見えてきた。更級は、甲州街道に降りる気になった。思った通り、ベンツが追ってくる。

車内には、二人の男がいた。

どちらも二十六、七歳ではないか。堅気には見えない。岩浪組に縁のある男たちだろう。

更級は料金所を出た。

甲州街道を進む。更級は、男たちを多磨霊園に誘い込むつもりだ。ベンツは一定の距離を保《たも》ちながら、執拗に追走してくる。

西武多摩川線の線路を越してから、更級は車を右折させた。後は道なりに進めば、目的の場所に着く。

やがて、霊園の外周路に入った。

静かだった。暑い季節には暴走族の少年たちをよく見かけるが、今夜は影も形もない。カップルたちの車も少なかった。

更級は一気に加速した。

後ろのベンツもスピードを上げた。コーナーに差しかかっても、更級はわざと速度をほとんど落とさなかった。タイヤが耳障《ざわ》りな悲鳴をあげる。

ベンツがしつこく追い上げてきた。尾行に気づいて逃げ出したと思ったようだ。

外周路を半分ほど巡《めぐ》ったあたりで、更級はスカイラインをスピンさせた。対向車はなかった。

逆走する。

ベンツが焦《あせ》って左に逃げた。そのまま頭から、霊園に突っ込んだ。灌木を薙《な》ぎ倒し、墓石を押し倒した。

更級は車を路肩に駐め、すぐ外に出た。寒気が鋭かった。

ベンツに駆け寄る。

フロントグリルがひしゃげ、白い湯気が立ち昇っていた。ラジエーターが破損したのだろう。筋者らしい二人は、車の中で呻いている。

更級は石塊《いしくれ》を摑《つか》み上げた。

運転席側のウインドーシールドを打ち砕く。更級は手を差し入れ、ドア・ロックを解《と》いた。ドアを開ける。

「て、てめえ！」

運転席の男が、脇腹のあたりに手を滑り込ませた。刃物を出す気らしい。痩せこけた男だった。攣《つ》り上がり気味の細い目が酷薄そうに光っている。

更級は二本の指で、男の両眼を思うさま突いた。

男が雄叫《おたけ》びめいた声をあげた。更級は車のドアを大きく開け、男を外に引きずり出した。男は両眼をつぶったまま、体を屈《かが》めていた。隙だらけだ。

更級は膝頭で、相手の胸板と下腹をたてつづけに蹴り上げた。蹴るたびに、男の背が曲線を描いた。更級は、相手の首にラビットパンチを落とした。男が唸って、その場に崩れた。

「おまえら、岩浪組の者だなっ」

更級は声を張った。

男は答えようとしない。更級は、男の顎を蹴りつけた。骨が音高く鳴った。男はのけ反《ぞ》って、仰向けになった。

そのとき、助手席の男が表に飛び出してきた。中背だが、肩幅が広い。胸も厚かった。口髭《くちひげ》をたくわえている。

「てめえ、ぶっ殺してやる！」

男がだぶついた上着の下から、匕首《あいくち》を抜き放った。刃渡りは二十五センチ近い。

更級はベンツの後方まで走った。

男も駆けてくる。更級が足を止めた瞬間、白い光が揺曳した。空気が裂ける。

とっさに更級は、横に跳《と》んでいた。短刀は掠《かす》りもしなかった。

二人は睨《にら》み合った。

男は長めの髪をきれいに後ろに撫でつけていた。鼻梁から頬にかけて、横一文字に傷痕が走っている。刀傷だった。少しは修羅場を潜《くぐ》ってきたらしい。

「富塚に言われて、おれを尾《つ》けてきたんだな?」

更級は訊いた。

男が無言で突っかけてきた。更級は逃げなかった。逆に前に跳《と》んで、左腕で男の利き腕を払った。同時に、顔面にフックを浴びせる。強《した》かな手応えがあった。

男の体が一瞬、静止した。それから腰をふらつかせた。顔も横向きになっていた。

更級はボディーブロウを叩き込んだ。

キドニーを狙ったのだが、わずかに逸《そ》れてしまった。それでもダメージを与えることはできたようだ。男が二、三歩よろめいて、ゆっくりと身を折った。

だが、倒れなかった。よろめきながらも、匕首を閃《ひらめ》かせた。力強い一閃《いっせん》だった。

反射的に更級は後ろに退《さ》がっていた。顔が強張《こわば》った。退がるのがほんの少し遅れていたら、顎の肉を斬られていただろう。

「てめえは何者なんだ?」

男が身構えながら、野太い声で問いかけてきた。

「先に名乗るのが礼儀ってもんだろうが」

「てめえ、堅気《ネス》じゃねえな」

「ヤー公ってのは、ボキャブラリーが貧困だな。どいつも同じ台詞《せりふ》を吐きやがる」

「やくざ者を甘くみると、後悔することになるぜ」

「そいつも月並な台詞だな」

更級は二歩進んで、すぐに三歩退《さ》がった。

誘いだった。案の定、男が右腕を大きく泳がせた。刃風《はかぜ》は重かった。しかし、匕首は空を裂《さ》いただけだった。男の体勢が崩れた。

更級は回し蹴りを放った。

それは、相手の腰を直撃した。男が斜めに吹っ飛んだ。それでも、刃物は放さなかった。

更級は男に走り寄った。右手首を踏みつける。そのままの姿勢で、右足を飛ばした。まず男の脇腹を五、六度蹴りつけた。男が歯を喰いしばって、体を左右に振る。

更級は容赦しなかった。

蹴って蹴って蹴りまくった。場所は選ばなかった。ひとしきり更級のチノクロスパンツの裾が、旗のようにはためいた。

男は血反吐《ちへど》を撒《ま》き散らしながら、路面を転がり回った。

いつの間にか、匕首は地べたに零れ落ちていた。刃が鈍く光っている。

更級は短刀を摑み上げ、ベンツの運転席に近づいた。痩せた男は後部ドアに凭《もた》れて、不様《ぶざま》な恰好で坐り込んでいる。

更級は腰を屈めて、男の右耳を抓《つま》んだ。

刃の先を外耳に押し当てる。男が全身を小刻みにわななかせはじめた。

「おまえらは富塚の舎弟だなっ」

「おれをどうする気なんだ⁉」

「質問に答えなかったら、耳を削《そ》ぎ落とす」

「そ、そんなこと、やめてくれ！　おれたちは、富塚の兄貴に頼まれただけなんだ」

男が情けない声で言い、すぐに言葉にならない叫びをあげた。

股間が濡《ぬ》れはじめた。恐怖で、尿失禁してしまったのだ。

「石丸麻紀たち五人は、どこにいる？　岩浪組が女たちを誘拐したことはわかってるんだっ」

「おれたちは何も知らねえんだ。嘘じゃねえよ。おれたちは富塚の兄貴に、あんたを尾《つ》けて正体を探《さぐ》れと言われただけだから」

「手間をかけさせるなよ」

更級は穏やかに言って、刃物を軽く滑らせた。

男が泣き声に近い悲鳴を上げた。外耳の上部から血が流れだした。

「ううーっ、痛《いて》え！　もう勘弁してくれねえか」

「女たちが監禁されてる場所は？」

「多分、『救魂教』の支部かどっかにいると思うよ」

「いま、『救魂教』と言ったんだな？」

「ああ、そうだよ。富塚の兄貴は、教祖の渥美って男とよく連絡をとってたから、おそらく……」

「渥美に頼まれて、岩浪組は女たちをさらったのか？」

「そのへんのことは、よくわからねえんだ。富塚の兄貴は何も教えちゃくれなかったんでな。でも、うちの組の若い連中が女たちの行動パターンを調べて誘拐したことは間違いねえよ。といっても、組長や大幹部たちはそのことにはタッチしてねえ感じだな」

「誘拐は、富塚個人の遣り繰り《シノギ》だっていうのか？」

「おそらく、そうなんだと思うよ。おれたちは、上の連中には何も喋るなって口止めされてるんだ」

「そうか。いろいろ参考になったよ」

「もう赦《ゆる》してもらえるんだろ？」

「ああ。ただし、条件がある。富塚には、おれに捲《ま》かれたと報告しておけ。それからもうひとつ、二度とおれの身辺をうろつくな。今度、おまえらを見つけたら、そのときは殺すぞ」

更級は腰をまっすぐに伸ばし、ベンツのキーを抜き取った。うっすらと血の付着した短刀とともに、車の鍵を暗がりに投げ放つ。

男が溜息をついた。口髭の相棒は、ベンツの後ろに倒れたままだった。

更級はスカイラインに乗り込んだ。すぐにエンジンをかけ、慌ただしく発進させた。甲州街道まで引き返し、府中方面に向かう。組織の本部までは、ひとっ走りだった。

やがて、見馴《な》れた長い石塀が見えてきた。

ボスの植草の邸宅だ。敷地は約三千坪だった。

更級は時計を見た。

十時十六分過ぎだった。処刑班のメンバーには、十時までに本部に集まれと言ってある。

大急ぎで車を邸内に入れた。

広い駐車場には、部下たちのプライベートカーが並んでいる。悠子の赤いポルシェもあった。白いアルファロメオはジュリアンの車だ。

更級はスカイラインを駐め、和洋折衷の大きな家屋に駆け込んだ。建坪は二百坪近い。更級は、玄関ホールに接した応接間に飛び込んだ。

「チーフ、遅刻よ」

ジュリアンが妙なしないをつくって、女言葉で咎《とが》めた。女装だった。化粧も濃い。麻布十番の店に顔を出してから、ここに駆けつけたらしい。

メンバーは揃っていた。

それぞれが思い思いに寛《くつろ》いでいる。更級はメンバーに詫びてから、悠子に話しかけた。

「ボスは？」

「奥の座敷にいるはずです。チーフが見えたら、声をかけてほしいと言ってたわ。いま、呼んできます」

悠子がソファから立ち上がり、きびきびとした足取りで応接間から出ていった。微妙な色合の茶系のニットドレスを着ていた。なかなかシックだった。

「女とお娯《たの》しみだったんじゃないの？」

野尻がクルーカットの髪をいじりながら、更級をからかった。

「おまえと一緒にするな。ここに来る途中で、岩浪組のチンピラどもをちょっと痛めつけてたんだ」

「何があったんだい？」

「みんなが揃ったところで報告しよう」

更級はそう言って、空いているソファに腰を沈めた。そのとき、斜め前に坐っている芳賀が笑顔を向けてきた。更級は目で挨拶した。

待つほどもなく、悠子が戻ってきた。

植草と一緒だった。ボスは和服姿だ。結城紬《つむぎ》のようだった。

更級は腰を少し浮かせて、植草に会釈した。植草と悠子が並んでソファに腰をかけた。

「遅れて申し訳ありませんでした」

「更級君、なんぞあったんちゃうか？　きみは時間には正確な男やからな」

植草が心配顔で言った。

更級は、遅れた理由を話した。話し終えると、植草が口を開いた。

「怪我がのうて何よりや。今度の事件のアウトラインは、さっきわしから言うといたさかい、さっそく作戦会議をはじめてもろうて結構や」

「恐れ入ります。ボス、峰岸という男の話は木下君からお聞きになりました？」

「ああ、聞いたで。その男のことも、ここにいる連中に話しておいたわ」

「それは手間が省《はぶ》けて助かります」

「木下君の報告によると、いまのところ犯人側は失踪者の家族と接触してないそうや」

「そうですか」

「けったいな誘拐団やなあ。いったい何を考えてんねんやろ？」

植草が首を捻《ひね》って、短く刈り込んだ白髪頭をつるりと撫でた。ボスの癖だった。

「みんなは、どう思う？」

更級は部下たちに意見を求めた。すると、野尻が真っ先に喋った。

「消えた五人の女は、もう殺されてると思うね」

「なぜ、そう思う？」

「営利誘拐だったら、もうとっくに犯人どもは身代金を要求してるはずだよ。敵の狙いは銭金《ぜにかね》じゃなく、五人の女の命を奪うことなんじゃねえのか。おおかた、怨恨による復讐か何かだろう」

「失踪した女たちの父親や祖父たちは、確かに成功者ばかりだ。したがって、他人に妬《ねた》まれたり逆恨みされることもあるだろう。しかし、五人の大物にはあまり共通点はないんだ。唯一の共通点は、五人とも資産家だということだな」

「チーフ、そいつだよ。事業に失敗した男か誰かが成功した人間を妬《ねた》んで……」

「仮にそうだったとしたら、もっとストレートな方法で厭がらせをすると思うよ。たとえば、成功者の会社か車に時限爆弾を仕掛けるとかな」

「そう言われると、そんな気もしてきたな。でも、なんで犯人どもは何も要求しないんだよ?」

「おそらく犯人側は警察を警戒して、様子をうかがってるんだろう」

更級は言った。

野尻は不服そうだったが、口を噤《つぐ》んだ。それを待っていたように、ジュリアンが提案した。

「チーフ、とにかく五人のお偉いさんの自宅やオフィスに盗聴器を仕掛けてみたら?」

「もちろん、それはやるつもりだったんだよ。あとで手分けして、電話ケーブルに盗聴器をセットしよう」

「いつものように電話会社の作業員になりすまして、マンホールに潜るわけね?」

「そうだ。どこも警察の目が厳しく光ってるだろうから、いつもより慎重にやらないとな」

「そうね」

ジュリアンが口を閉じると、今度は悠子が言った。

「わたし、舎弟頭の富塚は単なる駒に過ぎないと思うんです。きっと『救魂教』の渥美が事件のシナリオを練ったんでしょう」

「おれは、渥美も駒かもしれないと考えてるんだ。多分、背後で糸を引いてる人物がいるんだろう。しかし、そいつを炙《あぶ》り出すには駒を揺さぶることからはじめないとな」

　更級は言った。

「そうでしょうね。さっき情報収集班が集めてくれたデータに目を通したんですけど、教祖の渥美は一週間単位で二十三カ所の支部を順ぐりに回ってます」

「で、いまはどこにいるんだ？」

「それは不明だそうです。でも、調べる手はありますよ。信者を装って日吉の本部に電話をして、教祖の居所を教えてもらうとかね」

「そう簡単にはいかないだろう。なにしろ、あの教団はきわめて排他的らしいからな。それはそうと、折戸房江に関する資料は届いてるのか？」

「ええ、届いています。神奈川県出身で、いま二十九歳ですね」

　悠子が卓上の資料を覗き込みながら、そう告げた。

「経歴をざっと教えてくれないか」

「はい。都内にある短大を出た後《あと》、一年ほど民放テレビのクイズ番組のアシスタントをしてました。その後、約二年間、銀座や赤坂でクラブホステスをやってますね。その後少しして、台湾人実業家の愛人になってます。房江はそのころから少しずつ不動産を買い集めて、それをうまく転がしてます」

「なかなか遣《や》り手みたいだな」

「そうですね。三年半前に別れた台湾人実業家の錬金術を見習ったんでしょう。パトロンと切れて間もなく、彼女は『救魂教』の主宰者になりました」

「何か売りものがあれば、新興宗教もいい金儲けになるからな。房江は、それに気づいたのかもしれないぞ。で、房江と渥美の関係はどうなんだ？」

「内縁関係のようですが、二人はめったに行動を共にしてないようです。房江は本部にはちょくちょく顔を出してるみたいですが、支部のほうにはあまり出かけていませんね」

「渥美に関する情報は？」

「マスコミで報じられたもの以外には、これといった資料はありません」

「そうか」

更級はマールボロに火を点けた。

夕方、羽柴和巳が言っていたように、渥美には表面に出られない理由が何かあるようだ。前科があるのか。

悠子が資料をひとまとめにした。

「ところで、みんなは峰岸氏の事件をどう思う？　五人の女性失踪事件とは無関係なんだろうか」

更級は口の端から煙草の煙を細く吐きだしながら、メンバーを見回した。

と、野尻が最初に応じた。

「おれは無関係だと思うね。新興宗教と生物工学じゃ、接点がねえもん。チーフ、考えてもみてよ。一介の研究員をさらったって、たいした銭にはならないぜ。峰岸とかいう奴は人生に疲れたか何かして、ふっと蒸発する気になったんじゃねえのかな」

「おまえが言うように、峰岸氏は確かに一介の研究者にすぎない。しかしな、そんな彼でも画期的な新薬か何かを開発したとなったら、だいぶ事情が違ってくるぞ」

「峰岸が癌の特効薬を開発したらってこと？」

「そこまでいかなくても、バイオに関する新発見の類とかな。そういうものだったら、大変な価値があるだろう。中途半端な身代金よりもずっと魅力があるんじゃないのか？」

「そうかもしれねえけど」

「一見、なんの関係もないようだが、二つの事件はどこかで繋がってるような気がするんだ」

　更級は言った。ややあって、それまで沈黙を守っていた芳賀が呟いた。

「わたしもチーフと同意見です。敵がプロの誘拐組織だとすれば、バイオ関係の研究者は誘拐の対象になりますからね」

「そうだな。生物工学は、まだまだ開発の余地のある分野だ。現に、次々に新しい発明や技術が生まれてる。それらを手に入れたいと願う企業や、軍事利用できると考える連中がいたとしても少しも不思議じゃない」

「そうですね。ですんで、峰岸氏のほうも少し調べてみたほうがいいと思います。なんでしたら、そっちはわたしが引き受けてもかまいませんが」

「いや、それはおれがやろう。個人的な知り合いが、その失踪事件に巻き込まれたかもしれないんだ」

更級の脳裏に、奈穂の顔が浮かんで消えた。

悠子が、もの問いたげな眼差《まなざ》しを向けてきた。それを無視して、更級はメンバーたちに言った。

「まずは夜が明けるまでに、必要な箇所に盗聴器をセットしよう」

部下たちが無言でうなずく。

更級は、てきぱきと仕事の分担を決めた。誰も文句は言わなかった。

「一服したら、さっそく行動開始だ」

「はい」

メンバーが声を揃えた。

3

闇が濃い。

夜が明けるまでは、だいぶ間《ま》がある。

更級はスカイラインを降りた。田園調布五丁目の路上だ。二百メートルほど先に、白い洋館が見える。西急コンツェルンの総帥の自宅だ。

更級は歩きだした。

邸宅街は、ひっそりと静まり返っている。人っ子ひとりいない。

更級はオリーブ色のレザージャケットのポケットから、一枚の紙切れを抓《つま》み出した。歩きながら、ペンシルライトで紙切れを照らす。

電話ケーブルの配線図が浮かび上がった。

情報収集班の若いスタッフは、石丸家の電話ケーブルの埋まった場所に蛍光ペンで印をつけてくれてあった。そのマンホールは造作なく見つかった。

更級はあたりをうかがってから、マンホールの蓋《ふた》を開けた。

かなり重い。鉄の梯子段《はしごだん》を三、四段降りて、素早く頭上の蓋を閉めた。ペンシルライトの光を頼りにゆっくりと下に降りていく。

色とりどりの電話ケーブルが束ねられ、太い鋼《はがね》のように見える。石丸家の電話回線を探し出す。数秒で見つかった。赤いケーブルだった。

更級は、ペンシルライトを口にくわえた。

レザージャケットのポケットを両手で探る。最初にアメリカ製の盗聴器を抓《つま》み出し、次に電波式の超小型録音機を摑《つか》み出した。

更級は電話回線に盗聴器を直結させ、盗聴器と超小型録音機を繋いだ。ほんの数分しかかからなかった。

石丸家の電話が通話状態になると、盗聴器が自動的に作動する。音声電流は電波化され、すべてレコーダーに無人録音される仕組みになっている。したがって、わざわざ近くに潜んでFMラジオに耳を傾ける必要はなかった。

一日に何度か録音音声を回収すれば、犯人側の要求は必ずキャッチできるだろう。

更級はマンホールから出た。

表は依然として人影はない。自然な足取りで車に戻る。運転席のドアを閉めたとき、ダッシュボードの下の無線機が小さな空電音をたてた。

「いま、松浦元首相の自宅近くにいるんだ」

野尻の声だった。更級はフックから小型マイクを外し、低く問いかけた。

「例の作業は完了したのか？」

「ああ、終わったよ。おれ、少しここで張り込んでみようと思うんだけど、どうだろう？」

「下手に張り込まないほうがいいな。そこを離れて、西急グループの本社ビルに回ってくれ」

「石丸会長の専用回線に盗聴器をセットしろってわけだね？」

「そうだ。おれは石丸邸のそばにいるんだが、これから富塚のマンションに行く」

「了解！　応援が必要になったら、いつでも声をかけてよ。それじゃ、また！」

野尻の声が熄《や》んだ。

それから一分も経たないうちに、今度はジュリアンから報告があった。横内現副総理の私邸の電話回線に盗聴器と超小型録音機を仕掛けたという。

「ご苦労さん」

「これから、横内の事務所に回るつもりよ。その後、彼が経営してる製粉会社に行こうと思ってんの」

「おまえ、女装のままマンホールに潜ったのか？」

「そうよ。だって、着替えの用意してなかったんだもの。もちろん、ランジェリーは女物よ」

「そんなこと訊いちゃいない。今夜はともかく、明日からは少し活動的な服装をしたほうがいいな」

「わかってるわ。あたしだって、処刑人が本業なんだから、やるときゃやるわよ」

ジュリアンが陽気に言って、交信を打ち切った。

更級はスカイラインを発進させた。

岩浪組の富塚勝年は、杉並区の成田西に住んでいる。木下が調べてくれたのだ。更級は車を環状八号線に向けた。

瀬田交差点を過ぎたころ、芳賀から作業完了の連絡が入った。

芳賀は、全日本商工会議所の古川会頭を担当していた。古川は大手スーパーのオーナー経営者で、二十数社の系列企業の筆頭株主でもあった。

「古川の関連してる企業の主だったオフィスにも盗聴器を仕掛けてくれないか」

「わかりました」

「それが済んだら、渥美の居所を探ってみてくれ」

「了解しました」

芳賀は、いつも口数が少ない。例によって、交信は素っ気ないほど短かった。

悠子からの無線連絡が入ったのは、およそ五分後だった。

予定通りに日本医師会の森会長宅に盗聴器をセットしたという。森会長宅の周囲には、何台も覆面パトカーが駐まっていたらしい。

「これから、東都医科大学に回るんだな?」

「ええ、そのつもりです」

「学長の専用電話の回線がなかなか見つからないようだったら、そっちはセットしなくてもいい。森は月に数度しか学長室に詰めてないそうだから、犯人グループが大学のほうに身代金を要求する可能性はあまり高くないからな」

更級はマイクを無線機のフックに掛けた。

しばらく走ると、柳窪交差点にぶつかった。

右折する。ほどなく左手に、善福寺公園が見えてきた。目的の善福寺川パークハイツは公園の裏手にあるはずだ。

造作なくわかった。ありふれた低層マンションだった。四階建てで、エレベーターはない。

道路に面した狭い駐車場に、黒いキャデラック・セビルが窮屈そうに駐められている。思った通り、勝浦マリンホテルの地下駐車場で見かけた男が富塚らしい。

更級は車を善福寺公園の際《きわ》に駐め、低層マンションに急いだ。

午前四時を数分回ったところだった。外はまだ暗く、人影も見当たらない。

表玄関に駆け込んだ。

管理人室はない。オートロック・システムにもなっていなかった。

更級は、集合郵便受けに歩み寄った。富塚の部屋は一〇五号室だった。一階のいちばん奥の部屋だろう。この時刻に宅配便の配達員を装うわけにはいかない。ベランダ側から、部屋に押し入ることにした。

更級は建物の裏に回った。細長い庭を中腰で歩く。入居者の動く気配はうかがえない。

更級は一〇五号室のベランダの白い鉄柵を乗り越えた。うずくまって、息を殺す。マンションの住人に気づかれた様子はない。

一間《いっけん》のサッシ戸が二ヵ所ある。どちらも厚いドレープ・カーテンで閉ざされていた。右側がＬＤＫで、左側の部屋が寝室になっているようだ。左の部屋だけが仄《ほの》かに明るい。

更級はレザージャケットのポケットから、特殊なガラス切りと粘着テープを摑み出した。

錠の透けて見える部分にテープを貼り、ガラスを楕円形に切る。拳《こぶし》が入るくらいの大きさだった。

その部分を拳で軽く突くと、ガラスがきれいに抜けた。円《まる》いガラス片は部屋の中に落ちたが、かすかな音をたてただけだった。

更級はクレッセント・ロックを解いた。

極力《きょくりょく》、サッシ戸を静かに横に払う。四十センチほど開け、更級は室内に忍び込んだ。

やはり、そこはＬＤＫだった。酒と煙草の臭《にお》いが籠《こも》っていた。室内は暗かった。

更級は後ろ手にガラス戸を閉め、暗がりの中を進んだ。抜き足だった。

数メートル歩くと、隣の部屋から女の喘《あえ》ぎ声が響いてきた。

富塚は、女と睦《むつ》み合っているようだ。

更級はショルダーホルスターから、グロック32を引き抜いた。

銃身が短く、いたって扱いやすい。銃把《グリップ》には、十発入りの弾倉《マガジン》が入っている。

また、女の声がした。今度は淫《みだ》らな呻き声だった。富塚は、どうやらテクニシャンらしい。

更級は、大股で隣室に近づいた。

なぜだか、ドアが細く開いている。女のなまめかしい呻《うめ》き声が、一段と高く聞こえた。肉と肉がぶつかり合う音も洩れてくる。

更級はドアを静かに押した。

十畳ほどの寝室だった。セミダブルのベッドの上に全裸の男女がいた。

男の横顔に見覚えがあった。勝浦のホテルで、慌《あわ》ただしくキャデラック・セビルに乗り込んだ人物だ。男は両膝立ちの姿勢で、女のヒップを抱えている。すでに二人の体は、深く繋がっていた。

富塚らしい男は、ほぼ全身に刺青《いれずみ》をしている。図柄は昇り竜だった。

女は日本人ではなかった。

彫りが深く、手脚《てあし》もすんなりと長い。肌の色は、それほど白くなかった。髪は黒味がかかった栗色だ。スペイン系か、ポルトガル系の白人だろう。

更級は五、六歩、室内に入った。

それでも二人は行為に熱中していて、侵入者に気がつかない。部屋の隅で、光が明滅している。

更級は光源に目をやった。

黒い大型テレビが猥《みだ》りがわしい映像を映し出していた。二人は裏ＤＶＤを眺めながら、プレイを娯《たの》しみはじめたらしい。

画面の女の顔がアップになった。

その瞬間、更級は危《あや》うく声をあげそうになった。なんと石丸麻紀だった。

麻紀は両手首を針金で縛られ、やくざっぽい若い男に乳首を吸われていた。男の手は乳房を揉んでいる。

麻紀の睫毛には、涙の雫《しずく》が絡《から》みついていた。おおかた、岩浪組の下《した》っ端《ぱ》たちに輪姦されたときにビデオカメラで撮《と》られたのだろう。

きっとレイプは長い時間つづいたにちがいない。そのときの恐怖心が限界に達し、麻紀は自分の過去を忘れてしまったようだ。義憤が湧いてきた。

「お娯《たの》しみは、そこまでだ」

更級は自動拳銃を前に突き出した。

ベッドの男と女が振り向いた。だが、すぐには離れようとしない。それほどびっくりしたのだろう。

「富塚だな？」

「誰なんだ、てめえは！」

「勝浦で、豚の生首をプレゼントされた者だよ」

「えっ」

「早く離れろ！」

更級はグロック32のスライドを引いた。初弾を薬室《チャンバー》に送り込んだのだ。後は、引き金を絞るだけでいい。

富塚が腰を引いた。

女が短く呻いて、富塚から離れた。彼女は怯《おび》えた目で更級を見ると、ヘッドボードの近くに坐り込んだ。乳房が大きく、ウエストのくびれが深い。

富塚は、ただ茫然としている。ペニスはすっかり力を失っていた。

裸の女が、たどたどしい日本語で言った。

「わたし、新宿のホテルに帰りたい」

「無理を言うんじゃねえよっ」

富塚が日本語で怒鳴り返した。女は肩を竦《すく》めて黙り込んだ。

「その女は何者なんだ?」

更級は訊いた。

「うちの組でやってる芸能プロが、コロンビアから招《よ》んだダンサーだよ。マルガリータってんだ」

「おまえの情婦《おんな》なのか?」

「そういうわけじゃねえけど、時々な。国産の女ばかりじゃ、飽《あ》きるときがあるじゃねえか。この女に興味があるんだったら、抱いてもいいぜ。その代わり、拳銃《チャカ》はしまってくれ」

「女は嫌いじゃないが、きょうは遠慮しとこう」

「ちぇっ」

富塚が舌打ちして、ベッドの縁に腰を落とした。弾みで、マルガリータの裸身が上下に揺れた。

「悪いが、少しつき合ってもらうぞ。すぐにここから出すわけにはいかないんでね」

更級は、マルガリータに英語で話しかけた。

「わたし、どうすればいいの？」

「シャワーを浴びてきてくれ。できたら、ゆっくり髪の毛も洗ってほしいな。その間に、おれは富塚と話をつけるよ」

「オーケー、わかったわ」

マルガリータがベッドを滑り降り、裸のままで寝室を出ていく。白桃を想《おも》わせるヒップが煽情的《せんじょうてき》だ。

少し経つと、湯の弾ける音が響いてきた。

更級はベッドに近寄った。富塚がぎくりとして、上体を反らす。

「石丸麻紀たちの監禁場所を吐いてもらおうかっ」

「なんの話をしてんだよ？　部屋を間違えたんじゃねえのか」

「そっちがそうなら、こっちにも考えがある。喋る気がないなら、死んでもらおう」

「素人じゃあるめえし、そんな威《おど》しじゃビビらねえよ。それによ、ここでそんなもんをぶっぱなしたら、あんたはたちまち逮捕《パク》られることになるぜ」

「心配するな。おれは、こういう物を持ち歩いてるんだ」

更級はブルゾンの内ポケットから消音装置《サイレンサー》を取り出し、銃口に噛ませた。富塚が尻《しり》で後ずさりした。みるみる蒼ざめる。

「五人の女たちは、どこにいる？」

「いま、どこにいるかは知らねえんだ。おれはひとり百万の謝礼で、五人の女たちを若い者に引っさらわせただけだからな。それで一時、千葉の夷隅郡にある借家に女たちを監禁してたんだよ」

「誘拐の依頼人は誰なんだ？」

「渥美さんだよ、『救魂教』の教祖の」

「やっぱり、そうか」

「五人の人質は、渥美さんとこの若い連中が引き取りに来たんだ。その後のことには、おれはまったくタッチしてねえ」

「渥美とは、どうやって連絡をとってたんだ？　そっちは奴の居所を知ってるはずだ」

「待ってくれ。おれは、渥美さんの居場所なんて知らねえよ。いつも向こうから、おれのとこに連絡があったんだ」

「諦《あきら》めが悪い奴だ」

更級はわずかに銃口をずらし、無造作に引き金を強く引いた。

かすかな発射音がして、手首に快い衝撃《キック》が伝わってきた。空薬莢が斜め後ろに弾かれた。銃弾は富塚の右のこめかみを掠《かす》め、壁の中に深く埋まった。富塚は衝撃波に煽《あお》られ、寝具の上に片肘をついた。

「しゃんとしろっ」

「頼む、もう撃たねえでくれ！」

「渥美は何を企んでる？」

「おれは、そこまで知らねえよ。今回のことは、ただの雇われ仕事だからな。組には内緒のシノギなんだ」

「渥美とは、どんなつき合いなんだ？」

「別に長いつき合いじゃねえんだ。あの人とは、バンコクの日本人向けナイトクラブで知り合ったんだよ」

「それは、いつのことだ？」

更級は畳みかけた。

「一年ぐらい前だよ。その後、何度か一緒に飲み歩いただけで、それ以上の深い繋がりはねえんだ。だから、渥美さんが何を考えてるかなんてことは、おれにはまったくわからない。そういうことを詮索しねえのが、そもそもおれたちの世界の不文律《ふぶんりつ》だからな」

「それにしちゃ、ずいぶん、おれにしつこくつきまとってるな。昨夜《ゆうべ》も、灰色のベンツがおれをマークしてた。あの二人は、おまえの舎弟なんだろ？」

「渥美さんに頼まれたんだよ、あんたの正体を探ってくれってな」

「それだけか？」

「あんたが渥美さんのことをしつこく嗅ぎ回ってるようだったら、殺《や》ってくれとも言われたよ」

「殺しの報酬は？」

「六百万だよ。でも、おれは若い連中にあんたを殺《や》らせる気はなかったんだ。個人的な殺しをやったら、破門になっちまうからな。六百万じゃ、割に合わねえよ」

「誘拐のバイトなら、破門にはならないのか？」

「あんたまさか、おれの裏仕事のことをうちの組長か誰かに密告《チク》る気なんじゃねえだろうな」

富塚の顔が引き攣《つ》った。

「何もかも話してくれりゃ、バイトのことは内緒にしといてやる。まだ何か隠してることがあるだろうが！　ちがうか？」

「渥美さんが何をやらかそうとしてるのかわからねえけど、おれはあの人にパートナーがいると睨んでるんだ。どんな相手なのかは、見当がつかねえけどさ」

「富塚、まだ死にたくないだろう？」

「当たりめえよ」

「だったら、おれと取引をしようじゃないか。渥美の動きを探って、おれに報告するんだ」

「そんな汚《きたね》えことはできねえっ」

「いやなら、すぐに殺す。一分だけ考える時間をやろう」

更級は銃口を下げた。

そのとき、背後で足音がした。更級は首だけを捩《ねじ》った。出入口のあたりに、裸のマルガリータが立っていた。

その両手には、白っぽい輪胴式拳銃《リボルバー》が握られている。S《スミス》&W《ウエッソン》のM686だ。銃把は木製だった。

「拳銃を捨てて、両手を挙げるのよ」

マルガリータが言った。滑らかな日本語だった。さっきのたどたどしい喋り方は演技だったのだろう。

更級は向き直って、足許に拳銃を置いた。相手を先に撃つこともできた。わざと撃たなかったのは、相手の反応を見てみたい気がしたからだ。

「マルガリータ、なかなか機転が利《き》くじゃねえか」

後ろで、富塚の明るい声が響いた。

「ねえ、この男をどうする？」

「早くそいつを撃つんだっ」

「わかったわ」

マルガリータが撃鉄《ハンマー》を起こした。

その瞬間、更級は身を伏せた。手早くグロック32を拾い上げる。

その直後、重い銃声が轟いた。富塚が絶叫し、壁に叩きつけられた。流れ弾が当ったようだ。

ふたたびリボルバーが火を噴いた。マルガリータは、明らかに富塚を狙い撃ちにしていた。

更級は、富塚の方を見た。

顔面と右胸を赤く染めて、微動だにしない。すでに死んでいることは明白だった。

「もう撃つな。銃を捨てるんだ！」

更級は身を起こし、マルガリータに銃口を向けた。マルガリータが謎めいた微笑を浮かべ、S&W《スミスウエッソン》 M686を足許に落とした。

「これはどういうことなんだ？」

「わたし、富塚を殺す機会を狙ってたの。あなたが、そのチャンスをくれたのよ。感謝するわ」

「なぜ、富塚を殺したんだ？」

「わたし、お店のお客さんに頼まれたのよ。その男性、富塚を殺したら、二百万円くれると言ったの。大和田という人よ」

「そいつは、やくざなんだな？」

「ちがうわ。とても紳士的な男性よ」

「金のために人殺しを引き受けたってわけか」

「お金も欲しかったけど、それだけじゃないわ。富塚は、とても悪い男だったのよ。わたしたちの出演料をちゃんと払ってくれなかったの。払ってくれるときは、わたしたち外国人ダンサーや歌手の体を要求した。そんな屑《くず》みたいな男は死ねばいいんだわ」

マルガリータが憎々しげに言った。

おそらく渥美と繋がっている人間がマルガリータをうまく使って、富塚の口を封じさせたのだろう。そう思い当たったとき、更級の頭の中である考えが閃《ひらめ》いた。拳銃をホルスターに戻し、マルガリータに訊いた。

「殺しの報酬は、もう貰《もら》ったのか？」

「いいえ、まだよ」

「大和田って奴から二百万貰いたいんだったら、ひとまずおれと逃げるんだ。もうすぐパトカーがやってくるだろう」

「パトカー？」

「ああ。あれだけの銃声が二度もしたんだ。このマンションの誰かが、一一〇番したはずだよ」

「わたし、警察に捕《つか》まりたくない」

「だったら、大急ぎで服を着るんだ」

「わかったわ」

マルガリータはベッドの下から衣服やランジェリーを拾い上げ、身繕《みづくろ》いに取りかかった。

更級は寝室を出て、玄関ホールに走った。ドア越しに人々の話し声がする。どうやら入居者たちが立ち話をしているらしい。

玄関からは出られなくなった。裏庭は静かだ。ベランダから逃げることにする。

マルガリータが寝室から現われた。サンドベージュのワンピース姿だった。

更級はベランダを指さした。

マルガリータは、その意味をすぐに理解した。抜き足で玄関に行き、彼女は自分のハイヒールを持ってきた。茶色のセカンドバッグを小脇に挟んでいるだけで、コートは手にしていなかった。

「おれの車に乗り込むまで、ハイヒールは履《は》かないほうがいいな。それから、これをかけろ」

更級はレザージャケットの内ポケットからサングラスを抓《つま》み出し、マルガリータに渡した。

マルガリータは素直に命令に従った。

二人は居間からベランダに出た。都合のいいことに、人の姿は見当たらない。

更級は、先にマルガリータを柵《さく》の外に押し出した。すぐに彼も、ベランダの手摺を跨ぎ越した。二人は姿勢を低くして、裏庭を走りはじめた。

どのガラス戸も閉まったままだった。誰にも見咎《みとが》められることなく、二人は表通りに出ることができた。

マルガリータをスカイラインの助手席に坐らせ、更級は運転席に入った。

そのとき、マルガリータが不思議そうに問いかけてきた。

「どうしてわたしに親切にしてくれるの？」

「大和田って男に興味があるんだ。もちろん、きみにも関心がある」

「あなた、何してる男性なの？」

「いろいろなことをやってるんだ」

「お名前、教えて」

「外国人には覚えにくい名前なんだ。サムライとでも呼んでくれ」

「それ、わかるわ。サムライ、ハラキリね？」

「ああ、そのサムライだよ」

更級はそう言って、イグニッションキーを捻った。どこか目立たないホテルか、モーテルにマルガリータを匿《かくま》うつもりだ。

4

息苦しくなった。

唇を塞《ふさ》がれたせいだ。更級は眠気を削《そ》がれた。瞼を開けると、マルガリータが体の上にのしかかっていた。

モーテルの一室だった。モーテルは、相模湖ＩＣの近くにあった。

更級はマルガリータの頬を両手で挟《はさ》んで、自分の顔から引き剝《は》がした。

「急にどうしたんだ？」

「あなたと愛し合いたくなったの」

「疲れてるんだ。せっかくだが、いまはとてもそんな気分になれないな」

「それじゃ、あなたの体だけ貸して」

「好きなようにしろ」

「ええ、そうさせてもらうわ」

マルガリータは嬉しそうに言って、一気に更級の足許まで下がった。うずくまるなり、彼女は更級の下腹に頬ずりした。すでに花柄のパンティーしか身に着けていなかった。

更級は目をつぶった。

少し寝たかった。ベッドに身を横たえたのは、ほんの数十分前だった。それまでマルガリータのお喋りにつき合わされていたのだ。

「わたし、サムライが好きになったみたい……」

マルガリータが歌うように言って、更級のチノクロスパンツのファスナーを引き下ろした。

更級は何も言わなかった。されるままになっていた。マルガリータはチノクロスパンツを両手で引き抜くと、綿ネルシャツの胸元を押し開いた。

更級は季節に関係なく、アンダーウェアは着ない。それが習慣だった。

マルガリータが、剝《む》き出しになった更級の厚い胸に顔を埋めた。頰の火照《ほて》りが心地よい。だが、更級は動かなかった。

マルガリータがしなやかな指で、胸や腹を愛撫しはじめる。

情感の籠《こも》った撫で方だった。指先に愛《いと》おしさが込められていた。

マルガリータの指は、じきに熱い唇と舌に替わった。彼女の唇が這《は》うたびに、絹糸のような髪が更級の肌を甘く擽《くすぐ》る。

やがて、マルガリータは更級の分身を口に含んだ。

まだ欲望はめざめていなかった。柔らかな舌が巧《たく》みに動く。感じやすい場所を的確に刺激してくる。マルガリータは、男の体を識《し》り尽《つ》くしているようだ。

いつしか更級の体は、はっきりと反応しはじめていた。眠気は嘘のように消えている。頭の芯は醒《さ》めていた。

不意にマルガリータが半身を起こした。

更級は目を開けた。マルガリータがもどかしげにパンティーを脱いでいるところだった。一動作ごとに、豊満な乳房が重たげに揺れる。桃色の乳首は、硬く尖《とが》っていた。腫れ上がったような乳暈《にゅううん》も艶《つや》やかに色づいている。

「あなたって、とってもセクシーよ」

マルガリータは膝立ちになると、濃い飾り毛を掻き上げた。

更級は、はざまに視線を向けた。珊瑚色《さんごいろ》の長い亀裂が暗い輝きを放っている。花びらは、思いのほか小さい。厚みもなかった。

マルガリータが跨《また》がってきた。

自分で合わせ目を押し拡《ひろ》げ、徐々に腰を沈めてくる。生温かい襞《ひだ》が優しくまとわりついてきた。悪くない感触だ。欲望が湧いた。

更級は右手を伸ばし、合わせ目を指でなぞった。

指先に、温かい潤《うる》みが伝わってくる。双葉に似た肉片を軽く擦《こす》ると、マルガリータは腰を捩《よじ》った。

更級は、赤く張りつめた突起を刺激しはじめた。弾みが強い。押し転がし、抓《つま》んで揺さぶった。そのとたん、マルガリータが甘やかな呻きを洩らした。呻きは細く震えながら、長く尾を曳《ひ》いた。

マルガリータが両手で自分の胸の隆起をまさぐりながら、腰をうねらせはじめた。閉じられた瞼の陰影が次第に濃くなっていく。その反対に官能的な赤い唇は、少しずつ開かれた。口の中では、舌がくねくねと妖《あや》しく舞っている。

更級は揺すられ、烈《はげ》しく揉まれた。

昂《たか》まったペニスが勢いづく。ひとりでに体が動きはじめていた。

更級は強弱をつけながら、下から突き上げた。

高く腰を迫《せ》り上げるたびに、マルガリータは切なそうな吐息を洩らした。いつの間にか、彼女は胸から手を離していた。弾む乳房が欲望をそそる。

更級は一段と煽《あお》られた。

さらに大きく腰を躍動させた。

数分後、マルガリータが背を反《そ》らせた。

次の瞬間、口から愉悦《ゆえつ》の声が迸《ほとばし》った。すぐに彼女は全身を震わせはじめた。

更級は快い緊縮感に包まれた。

マルガリータが胸を重ねてきた。汗ばんだ肌が密着する。更級は体を繋いだまま、マルガリータを組み敷いた。メロンのような胸が弾みながら、形を変えた。

マルガリータが両脚を高く跳ね上げた。それを両肩に担《かつ》ぎ上げ、更級はダイナミックに腰を躍らせはじめた。湿った音が刺激的だった。

いくらも経《た》たないうちに、ふたたびマルガリータが極《きわ》みに駆け昇った。何か短い母国語を口走った。

更級には、よく聴き取れなかった。

マルガリータが裸身を震わせながら、ほどよく肉の付いた腿で更級の胴を挟みつけた。

更級は律動を速めた。頭の中が熱く霞みはじめた。

背筋を痺《しび》れが駆け抜けた。堪《こら》えていたものを放ったとき、マルガリータが三度目の高波にさらわれた。

ほとんど同時に、啜《すす》り泣くような声をあげた。それは途切れそうになりながらも、長くつづいた。

二人は、しばらく動かなかった。

深い余韻を味わってから、更級は結合を解いた。腹這《ば》いになって、マールボロに火を点ける。情事の後の一服は格別にうまかった。

「あなた、とっても素敵だったわ」

横向きになったマルガリータが、満ち足りたような声で囁いた。その指は、更級の肩胛骨《けんこうこつ》のあたりを滑っていた。

「きみも情熱的だったよ」

「ありがとう」

「なぜ、日本で稼ぐ気になったんだ？」

更級はマルガリータの髪を手で梳《す》きながら、低く問いかけた。別段、深い意味があるわけではなかった。

「少し長くなるけど、かまわない？」

「ああ」

「コロンビアは、とってもアンバランスな国なの。コカインの密売組織のボスが大統領のように自由に国を動かして、それに同調してる政府の高官や実業家たちだけが甘い水を飲んでたのよ」

「死んだカリ・カルテルのボスのことを言ってるんだな？」

「ええ、そう。カルロスが、わたしたちの国をめちゃくちゃにしたのよ」

「しかし、カルロスはただの麻薬王じゃなく、貧しい人々の親代わりでもあったそうじゃないか。いつかテレビのドキュメンタリー番組で、そんなふうにレポートされてたぞ」

「カルロスは偽善者だったのよ。そんな小狡《ずる》い手で、民衆の不満や怒りを抑え込んでたの。確かにカルロスは名づけ親になったり、貧しい人たちにパンや衣類を与えてた。でもね、それはカルロスの汚ない策略だったのよ」

「きみは、よっぽどカルロスが嫌いなようだな」

「嫌いというよりも憎んでるの。わたしの父は大学で社会学を教えてたんだけど、カルロスに殺されてしまったのよ。もちろん、あの男が直《じか》に手を汚したわけじゃないけどね」

「親父さんは何をしたんだ？」

「学生たちに麻薬の怖さを訴えただけよ。結果的には、メデジン・カルテルとカリ・カルテルの二大麻薬組織を非難したことになったわけだけど」

「そういうことになるな」

「そのせいで父は身に覚えのない罪で警察に逮捕され、取り調べ中に死んでしまったの。拷問されて、殺されたのよ。父は両手の爪をぜんぶ剝がされてた。それから、全身に百数十ヵ所の打撲傷が……」

　マルガリータの語尾が湿った。

「それは気の毒な話だ」

「カルロスの命令で殺された市民はたくさんいるの。数百人、ううん、実際には千人以上はいたはずだわ。そんな犠牲者の遺族たちが密かにテロ組織を結成し、カルロスの子分たちに報復しはじめてるの」

「きみも、その組織のメンバーなんだな？」

「ええ、そうよ。わたしが日本に働きにきたのは、組織の活動資金を捻出するためなの。興行ビザで来日したのは今回が三度目よ」

「そうだったのか。そういう目的があったんで、人殺しまで引き受けたんだな」

「ええ。相手が富塚だったから、少しも迷いはなかったわ。あんな男は、生きる値打ちもないもの」

「あの拳銃は、大和田って男に渡されたんだな？」

「いいえ、あれは富塚の拳銃《ハンドガン》よ。わたし、あれが富塚の部屋のリビングボードの引き出しに隠してあることを知ってたの。そのことを大和田さんに話したら、それを使えと言われたのよ」

「そうだったのか」

「大和田さんは、もう富塚が死んだことを知ってるかしら？」

「多分、マスコミ報道で知っただろう。大和田の連絡先は当然、わかってるよな？」

「ううん、わからないわ。いつも彼のほうが新宿のお店かホテルに電話をしてきてたの。富塚さんのことを知ったら、大和田さんは今夜にもお店に来てくれると思うわ」

「きみは、すんなり謝礼を貰えると思うか？」

更級は訊いた。

「ええ、多分ね」

「大和田って奴が、まともに殺しの報酬を払うとは思えない。そいつは、きみに弱みを握られたことになるわけだからな」

「彼は、そんな冷酷な人間じゃないわ」

「本当の悪党ってやつは、どいつも仮面を被ってるものさ。だから、一見、善良そうに映ったりするんだよ」

「そうね、カルロスだって、ちょっと見は神父さんみたいだったから。なんだか怖くなってきたわ」

「警戒心を忘れなきゃ、それほど怯《おび》えることはないさ。ただ、殺しの報酬を受け取ったら、きみはすぐに国に帰ったほうがいいな。警察がきみのことを割り出して、いまごろはホテルの前で張り込んでるだろう」

「それじゃ、しばらくホテルには戻れないわね」

マルガリータが溜息をついた。

「そうだな。ホテルに置いてある荷物なんかは様子を見て、誰か知り合いに取りに行ってもらうんだな。それから、勤めてるナイトクラブにも顔を出さないほうがいいよ」

「店に行かなかったら、大和田さんと会うチャンスがないわ。つまり、謝礼が……」

「報酬はちゃんと受け取れるさ。大和田が店にいるかどうか、外から電話で確かめるんだ。彼がいたら、電話口まで呼んでもらうんだよ」

「ああ、なるほど。それで、その後はどうすればいいの？」

「きみは富塚を射殺したことを告げて、約束の金を要求する。そのとき、きみは必ず大和田に『殺しの依頼を受けたときの会話はそっくり録音してあるから、裏切ろうなんて気を起こさないことね』と言うんだ。そして、指定した場所に現金を持ってこさせるんだよ。いいね？」

「ええ、わかったわ。で、どんな場所を指定すればいいのかしら？」

「なるべく人の多くいる場所がいいね。駅の構内とか、バスターミナルなんて所がいいだろう」

　更級は助言した。

「ええ、そうね。そういう場所なら、向こうだって、おかしなことはしないだろうから。あなた、わたしのそばにいてくれるんでしょ？」

「ああ、そのつもりだよ」

「それなら、安心だわ。それはそうと、あなたは大和田さんにどんな興味を持ってるの？」

「その質問には答えられない。しかし、きみには決して迷惑かけないよ」

「それなら、何も問題ないわ。わたし、シャワーを浴びてくるわね」

マルガリータは静かにベッドを降り、浴室に向かった。

ベッドから浴室が透《す》けて見える。仕切りがマジックミラーになっていた。

更級はトランクスとスラックスを穿《は》き、大急ぎで部屋を出た。螺旋《らせん》階段を駆け降りる。階下はガレージになっていた。

更級はスカイラインの運転席に腰を沈め、特殊スマートフォンを手に取った。

芳賀に電話をする。彼は、灰色のレクサスに乗っていた。前チーフが使っていた車だ。

「こちら、タイガーシャークです」

芳賀が暗号名《コードネーム》を口にした。

処刑班のメンバーには、それぞれコードネームがあった。しかし、いつからか、あまり使われなくなっていた。芳賀が時々、思い出したように使う程度だ。

「おれだよ。渥美の居所は摑めたか？」

「すみません、それがまだなんです。教団本部の電話回線に例の物はセットしたんですが」

「そうか。こっちは富塚の線から、新たな手がかりを掴めそうなんだ」

　更級は経過を手短に話した。

「そういえば、今朝、富塚が殺されたというニュースが流れましたよ」

「犯人については？」

「それには、まったく触れてませんでした」

「そうか。ほかのメンバーと密に連絡をとり合って、任務を遂行してくれ」

「わかりました」

　電話が切れた。

　更級は特殊スマートフォンを懐に戻し、車を降りた。階上の部屋に戻ると、マルガリータはまだシャワーを浴びていた。

　更級はソファに腰かけ、卓上にあるテレビの遠隔操作器《リモート・コントローラー》を掴み上げた。

　電源を入れ、チャンネルを次々に替える。だが、ニュースを報じている局はなかった。

　テレビの電源を切ったとき、マルガリータが浴室から出てきた。

　胸高にバスタオルを巻いていた。歩《ほ》を運ぶたびに、股間の繁みがちらつく。エロチックだった。

「夜まで、かなり時間があるわね。もう一度、ベッドで愛し合う？」

マルガリータが立ち止まって、冗談口調で言った。

「それも悪くないが、サムライは刀を大切にするものなんだよ」

「刀？　ああ、わかったわ。うふふ」

「冗談はともかく、ひとまずこのモーテルを出よう。マルガリータ、何かしたいことがあるか？」

「わたし、ドライブがしたい。三度も日本に来てるけど、働くだけで、どこにも行ったことがないの」

「それじゃ、富士山までドライブするか」

「嬉しい！　でも、あなたに悪いわ」

「いいさ。どうせ夜まで暇なんだ。先に服を着ててくれ」

更級は立ち上がって、浴室に駆け込んだ。

妙な流れになったものだ。できれば、時間を無駄にしたくない。

しかし、マルガリータをどこかで待たせておくのも不安だ。彼女が大和田という男に怯えて逃げ出したりしたら、手がかりを得られなくなる。

更級はそう考えながら、手早く髪と体を洗った。

円型ベッドのある部屋に戻ると、マルガリータは手鏡を覗き込んでいた。

すでに化粧は終わっていた。派手な目鼻立ちが一層、くっきりと見える。息を呑むほど美しかった。

「きれいだよ」

更級はマルガリータを喜ばせてから、衣服をまといはじめた。

いくらも時間はかからなかった。二人は部屋を出て、階下のガレージに降りた。

宿泊料金は昨夜のうちに払ってある。車に乗り込み、すぐにモーテルを出た。

更級は、スカイラインを相模湖ＩＣに向けた。中央高速と富士スバルラインをたどって、新五合目までドライブした。ロッジの食堂で遅い昼食を摂《と》り、小御嶽《こみたけ》神社のあたりをそぞろ歩いた。

いくつか記念の土産を買ってやると、マルガリータは少女のように喜んだ。濃霧《ガス》で稜線がおぼろに霞みはじめたころ、更級たちは帰路についた。

新宿に着いたのは街が暮色の底に沈むころだった。

更級は、西口にある高層ホテルに車を走らせた。マルガリータにシングルの部屋を取ってやる。三泊の予約をし、保証金を支払う。

いったん部屋に入り、二人はカクテルラウンジで時間を遣《や》り過ごした。

午後八時になったとき、マルガリータが勤めているナイトクラブに電話をかけた。

だが、大和田はまだ店にいなかった。

マルガリータが大和田と電話で話すことができたのは小《こ》一時間後だった。

大和田は、店に約束の報酬を持参したらしい。二十分後に、店の近くにある花園神社の前で落ち合うことになったという。

「よし、それじゃ出よう」

更級はマルガリータを促《うなが》して、椅子から立ち上がった。

マルガリータは飲みかけのギムレットを一気に飲み干してから、勢いよく腰を上げた。いくぶん緊張気味だった。

カクテルラウンジを出ると、二人はエレベーターで地下駐車場まで降りた。

車に乗り込んでから、更級は言った。

「大和田はテープと引き換えじゃなければ、金は渡せないと言いだすかもしれない」

「それじゃ、約束が違うわ。電話では、テープは明日でもいいって言ってたのよ」

「きみは、まだ甘いな。それじゃ、カルロスの子分たちをやっつける前に命を奪われることになるぞ。おいしい話には、気をつけたほうがいいな」

「わかったわ。大和田さんがテープがなければ、お金は渡せないと言ったら、どうすればいいの？」

「そのときは、殺しの報酬は諦《あきら》めたほうがいいな。命はひとつしきゃないんだ」

「癪《しゃく》だけど、そうするわ」

「花園神社の少し手前で車を停めるから、きみは約束の場所まで歩いて行ってくれ」

「わかったわ。でも、あなたは近くにいてくれるんでしょう？」

「ああ、きみの目の届く場所にいるよ。きみに話しかける男が大和田だったら、おれに何かサインを送ってほしいんだ。そうだな、前髪を二回搔き上げてもらおうか」

「オーケー」

「きみに危険が迫ったら、おれはすぐに助けに行く。運よく金を受け取れたら、きみはタクシーでホテルに戻ってくれ。おれは大和田を尾行する」

「わかったわ。あなたとは、これでお別れなの？」

「気障《きざ》な言い方になるが、おれのことは風だったと思ってくれ」

「風を捕《つか》まえることは無理ね。あなたのことは、ずっと忘れないわ。優しくしてくれて、ありがとう」

マルガリータがそう言い、いきなり唇を重ねてきた。

更級は拒まなかった。マルガリータは顔を離すと、指の腹で更級の唇を拭った。ルージュが付着していたのだろう。

「それじゃ、行くぞ」

更級はイグニッションキーを捻《ひね》った。マルガリータがシートベルトを掛ける。

ホテルの駐車場を出ると、スカイラインを青梅街道に向けた。街道を右折し、新宿五丁目の交差点を左に折れる。

少し先に、花園神社がある。左側だ。

更級は、すぐにスカイラインを路肩に寄せた。マルガリータが車を降りる。彼女は名残《なごり》惜しげに更級を見つめてから、無言で歩きだした。

神社の前には、まだ大和田らしい人影はない。

更級は車を徐行させ、ふたたびブレーキを踏んだ。神社から二十メートルも離れていない。

マルガリータがたたずんだ。神社の真ん前だった。更級はフロントガラス越しに、注視しつづけた。不審な人影はなかった。

五分ほど過ぎると、四十年配の背の高い男がマルガリータに声をかけた。

地味な色のスリーピースに身を包んでいる。ごく平凡なサラリーマン風だ。

マルガリータが男に会釈《えしゃく》し、前髪をさりげなく二度搔き上げた。男は大和田のようだ。

更級は、男の顔かたちを頭の中に刻みつけた。

男が上着の内ポケットから、厚みのある角封筒を摑み出した。殺しの報酬にちがいない。

男は、その角封筒をあっさりマルガリータに渡した。マルガリータはこころもち頭を下げ、受け取った物をバッグに収《おさ》めた。意外な展開だった。

マルガリータが男から離れ、目の前の明治通りに走り寄った。男が彼女の後ろに立った。見送るつもりらしい。

マルガリータが右手を高く挙げて、通りかかった空車を停めた。

彼女を乗せたタクシーは、すぐに走りだした。それを追うように、路上駐車中のプリウスが勢いよく車道に出た。大和田の仲間だろうか。

更級は一瞬、緊張した。

だが、思い過ごしかもしれない。それに、大和田の正体を突き止めなければならなかった。短く迷った末、更級はプリウスを追うことを諦めた。

少し経つと、大和田らしい男がタクシーに乗り込んだ。

更級はスカイラインを発進させた。前を行くタクシーは大久保通りで右折し、飯田橋方面に向かった。さらに九段下を抜け、内神田の細長いビルの前で停止した。男はタクシーを降り、そのビルの中に吸い込まれていった。

更級は車を路上に駐《と》め、ビルに走り寄った。

六階建てのビルだった。表玄関に『極光《きょくこう》産業』というプレートが掲《かか》げられている。

エレベーターホールを覗き込んでみたが、すでに男の姿は掻き消えていた。

どこかで聞いたことのある社名だった。更級は記憶の糸を手繰《たぐ》った。

すぐに思い出した。極光産業は、ひところマスコミを賑わせた仕手集団だった。

株の買い占め屋と『救魂教』は、いったいどこで繋がっているのか。しばらく張り込むことにした。

　更級は車の中に戻った。

　マルガリータのことが気がかりだった。ホテルに電話をかけてみた。マルガリータは、部屋にいた。ひとまず安堵する。

「報酬はちゃんと貰えたようだな」

「ええ、おかげさまで」

「きみの乗ったタクシーをプリウスが追っていったように見えたんだが、尾行されてるような気配は感じなかったか？」

「ううん、特にそういうことは感じなかったわ」

「それなら、おれの思い過ごしだろう」

「ねえ、サムライ、今夜も……」

「おれは風だと言ったじゃないか。なるべく早く日本を離れたほうがいいぞ。それじゃ、元気でな！」

　更級は電話を切って、シートを後ろに倒した。

　また、長い夜になりそうだった。

第三章　陰謀の連鎖

1

二時間が流れた。

大和田らしい男は細長いビルに入ったきり、姿を見せない。

極光産業ビルの各階は明るかった。全社員が居残って、残業に勤《いそ》しんでいるのかもしれない。どうやら持久戦になりそうだ。

更級は特殊スマートフォンを手に取った。

本部の情報収集班の直通番号をタップする。受話器を取ったのは、チーフの木下だった。

「更級だ。その後、警察の動きに変化は？」

「ありません。五人の資産家たちの自宅やオフィスには、もう盗聴器を仕掛けました？」

「ああ、仕掛けたよ。うちのメンバーがそれぞれ自動録音した音声を回収したはずなんだが、まだ何も連絡がないんだ」

「そうですか。もしかしたら、敵は意外な方法で人質たちの家族と連絡をとる気なんじゃないのかな」

「それは、考えられるね。電話は逆探知される恐れがあるからな」

「ファクスかメールで、身代金を要求する気なんじゃないでしょうか?」

「そういった方法だって、犯人側にとって安全とは言えないよ」

「そうでしょうね。それにしても、誘拐組織はずいぶんのんびりしてますねえ。まさか単なる厭がらせなんてことは……」

「いや、ただの厭がらせなんかじゃないな。ひょっとしたら、もう敵は何らかの方法で人質の家族に何か要求したのかもしれないぞ」

「そうなんでしょうか」

「それぞれの家の取引銀行のチェックを頼む。高額の引き出しや振り込みがあったら、すぐに知らせてほしいんだ」

　更級は言った。

「わかりました」

「それから、不動産や株の売却があったときも一報を頼む」

「はい」

「ところで、ちょっと極光産業のことを調べてもらいたいんだ。そっちに情報はあるよな？」

「ええ、たっぷりあります。なにしろ、極光産業は十年ほど前から派手な仕手戦で証券界を騒がせてきましたからね」

「そうだな。データが揃ったら、おれに連絡してくれないか」

「了解！　それじゃ、後ほど」

木下の声が消えた。

更級は特殊スマートフォンを懐に収め、煙草に火を点けた。

極光産業の暗躍ぶりは検事時代から知っていた。同社は目をつけた企業の株を買い占め、人為的《じんいてき》に株価を短期間につり上げる。そして、値がピークに達したと判断すると、企業側に持ち株の高値買い取りを迫る。いわゆる相場操縦だ。

多くの企業が苦り切りながらも、彼らの要求を受け入れるケースが圧倒的に多い。企業の防衛を第一に考えるからだ。

しかし、中には仕手筋が持ちかけてきた商談を蹴る会社もある。そういった場合には、株の買い占め屋たちは相手の企業に役員として乗り込む。

もともと彼らには、本気で経営に参加する気などない。最終の目的は利鞘《りざや》稼ぎなのだ。

そういう役員が交じっていたら、企業の経営は円滑にいかなくなる。そのため、最初は強気だった経営者側も次第に弱気になってしまう。

そして、ついには持ち込まれた株にかなりのプレミアムをつけて引き取らざるを得なくなるわけだ。それが、グリーンメーラーと呼ばれている株の買い占め屋たちの奥の手である。

アメリカやヨーロッパには、凄腕のグリーンメーラーが少なくない。彼らは巨万の富を得て、王侯貴族のような暮らしをしている。

しかし、日本には本格的なグリーンメーラーは数える程度しかいない。とはいえ、今後は日本もアメリカのように企業の合併・買収《M&A》が盛んになるだろう。乗っ取り屋たちにとっては、いい時代を迎えたわけだ。

特殊スマートフォンに着信があった。

更級は煙草の火を揉《も》み消して、素早く懐から摑み出した。

「木下です。どうもお待たせしました」

「ご苦労さん！　極光産業の代表者は、確か黒沼《くろぬま》とかいう男だったよな？」

「ええ、黒沼敬久《たかひさ》です。年齢は五十七歳で、二十年前まで大手証券会社に勤めてた人物です。そのころから、黒い噂がありました」

「どんな噂があったの？」

「黒沼は在社中に禁止されてる〝手張《てば》り〟をやってたようなんですよ」

「手張りというのは、自分の儲けのための株式売買のことだったよな」

「ええ、そうです。それから黒沼は、〝地場受け〟と呼ばれてる不正取引にも関わってたようなんです」

「地場受け？」

「証券会社の社員が他の証券会社社員からの株式売買注文を受けることを、業界用語で〝地場受け〟というらしいんです」

　木下が説明した。

「勉強になったよ。そういうことは、禁止されてるんだろう？」

「そうなんです。不正な株式取引の温床になりやすいということで、証券業界では禁じられてるんですよ」

「それを黒沼は密かにやってたようなんだな？」

「そうです。別の証券会社で働いてる男のために、黒沼は自社に口座を開設して、株の売買注文を取り次いでたようなんです」

「はっきりとした証拠はなかったんだな」

「ええ、そういうことになりますね。地場受けが発覚しかけると、黒沼の相棒は勤めてた会社をやめて、蒸発しちゃったんですよ」

「気の弱い男だったんだろう」

「そうなんでしょうね。手張りや地場受け程度の不正はたいしたことないんですが、黒沼はもっと大胆なことをしてたみたいなのです」

「もっと大胆なこと？」

更級は先を促した。木下が一拍置いて、話しはじめた。

「黒沼は中小企業の社長や医者なんかに『政治家の資金運用のための特別口座があるんですが、ほんの少しばかり空きがあるんです。決して損はさせませんから、少しまとまったお金を動かしてみませんか？』と巧みに嘘の話をちらつかせて、二十数億円も詐取《さしゅ》したようなんですよ」

「その事件でも、黒沼は致命的な証拠は残さなかったわけか」

「そうです。なかなか抜け目のない男なんでしょう。黒沼は客からお金を受け取る際《さい》、預かり証や領収証の類《たぐい》はいっさい切ってないんです。客のほうは、つい大手証券会社という看板を信用しちゃったんでしょうね」

「そうなんだろうな。結局、証拠不充分で起訴を免れたわけだ？」

「ええ、そうです。しかし、黒沼は馘首《かくしゅ》されました。それで、彼はいまの極光産業という会社を設立したんですよ。おそらく黒沼は、不正な方法で手に入れたお金を事業資金に充《あ》てたんでしょう」

「それからは、仕手筋として暴《あば》れてきたわけか」

「そうです。主に東証二部上場企業の株を買い占め、経営者を脅《おど》かしつづけてきました。エレクトロニクス関係の中堅商社とミシンメーカーは黒沼の持ち株を高値で引き取ったせいで、倒産に追い込まれてしまったんですよ」

「仕手戦の資金は、メガバンクや生命保険会社から出てるんだろ？」

「約九割が、その二系統ですね。銀行は巨額の不良債権を抱えてますし、生保会社もデフレ不況で苦しんでます。黒沼に仕手資金を回して、ひと儲けしたいんでしょう。それに、黒沼は有力な政治家や財界人ともコネがありますから、仕手資金には困らないでしょう」

「そうだろうね」

「しかし、借金は借金です。巨額を借りたら、金利だけで大変な数字になってしまいます。仕手戦がうまくいかなければ、それほど旨味《うまみ》はありません」

「だろうな」

「そこで最近は高値買い取りを狙ったグリーンメールだけではなく、黒沼は乗っ取った企業を喰いものにしはじめてるんですよ」

「どんな方法で喰いものにしてるんだ？」

　更級はヘッドレストに頭を凭《もた》せかけて、木下に問いかけた。

「黒沼は乗っ取った企業の関連会社から極光産業の子会社に無担保で百億円前後の融資を受けさせ、それを新たな仕手戦の資金に回してるんですよ。そして頃合を計って、わざと子会社を倒産させてしまうんです」

「なるほど、考えたな。そうしておけば、黒沼はストレートな責任を回避できるわけだ。しかし、そういった無担保融資は企業の株主総会で問題になると思うがね」

「当然、問題になるでしょう。しかし、極光産業は民自党の国会議員、財務省ＯＢ、元警察官僚、総会屋の超大物なんかを顧問に抱えてますから、そのへんは何とか抑えが利くんだと思います」

木下が言った。

「悪知恵もそこまでいくと、立派なもんだな。黒沼は、根っからの悪党なのかもしれない」

「ええ、強《したた》かな男であることは間違いないですね。しかし、傍目《はため》には荒稼ぎしてるように見えるけど、案外、台所は苦しいんじゃないかな。極光産業には系列の金融会社や不動産会社などの社員を含めると、スタッフが二百人近くいますからね。ふつう仕手筋は、どこも所帯は小さいんですよ」

「それじゃ、遣《や》り繰《く》りが大変かもしれないな。それに、仕手戦でしくじることだってあるだろうしな」

「ええ。そういえば、この春先に黒沼は一部上場の東西観光の仕手戦で失敗してますよ」

「東西観光というと、全国にチェーン・ホテルやレジャー施設を持ってる会社だね?」

　更級は確かめた。

「そうです、そうです。極光産業は、その東西観光の株を約四百万株も大量買いしたんですよ。買った時点では株価は三千七、八百円だったと思いますけれど、それがたったの一週間で五千二、三百円まで急騰《きゅうとう》したんです」

「すごいもんだな」

「黒沼はチャンス到来とばかりに、さらに二百万株を買い増したんです。併《あわ》せて六百万株です」

「単純計算しても、ざっと二、三百億円の金が必要だな。自己資金じゃ、とても賄《まかな》えないだろう?」

「ええ、大半は借入金です。それはともかく、高値安定するだろうと思われていた東西観光の株価が、その後、急に下落しちゃったんですよ」

「なぜなのかな?」

「急騰の背景に極光産業が見え隠れしてるんで、東証、つまり東京証券取引所が調査に乗り出したんですよ。それを察知した便乗組の一般投資家たちが一斉に売りに回ったんです」

「それで、株価が大きくダウンしたわけか」

「そうなんですよ。株価が低迷しつづけても、黒沼はずっと強気でした。その結果、買い値を割ることになってしまったんです」

「損失額は？」

「正確な数字は掴んでませんが、五、六十億円はマイナスになってるでしょうね」

木下が答えた。

損失の埋め合わせをしたくて、極光産業の黒沼は渥美と謀《はか》って、政財界の令嬢たち五人を誘拐する気になったのだろうか。

「木下君、極光産業の役員の名簿か社員名簿はある？」

「社員名簿が手許《てもと》にあります」

「それじゃ、大和田って社員がいるかどうか調べてくれないか。四十前後の男だよ」

「少々お待ちください」

木下がいったん言葉を途切らせ、数十秒後に口を開いた。更級は手帳を取り出した。

「載ってましたよ。大和田昌夫《まさお》、四十二歳、総務部長ですね。横浜市緑区の分譲マンションに妻子とともに住んでます。正確な住所や家族構成をお教えしましょうか？」

「ああ、頼む。ついでに、黒沼の自宅の住所も教えてくれないか」

「わかりました。それじゃ、大和田のほうから……」

木下が資料を読み上げはじめた。更級はメモを執《と》った。

「黒沼の顔写真もファイルしてあります。ご自宅のほうに、ファクスでお送りしましょうか？」

「週刊誌やテレビで黒沼の顔は何度も見てるから、その必要はないよ」

「そうですか。あの極光産業が誘拐事件に絡《から》んでるとしたら、ちょっと面白くなってきましたね。それじゃ、お気をつけて」

電話が切られた。

更級は特殊スマートフォンを所定のポケットにしまい、マールボロに火を点けた。

大和田らしい男は、依然として現われない。

木下には言わなかったが、極光産業が一連の失踪事件に関わっていることは、もはや疑いの余地がない。だからこそ、マルガリータを使って岩浪組の富塚を殺させたのだろう。『救魂教』の渥美の後ろにいるのは、黒沼にちがいない。

しかし、代表の黒沼自身が表面に出るようなことはしないだろう。大和田が連絡係を務めていると思われる。

大和田をマークしていれば、そのうち敵の陰謀が浮かび上がってくるのではないか。

更級はそう思いながら、煙草を消した。

特殊スマートフォンが鳴ったのは、その直後だった。更級は極光産業ビルに視線を当てたまま、特殊スマートフォンを耳に押し当てた。

「わたしです」

悠子の声だった。

「自動録音音声はどうだった？」

「さっき二本目のテープを回収したんですけど、犯人側の要求は何も録音されてませんでした」

「そうか。ほかの連中は、どうなんだろう？」

「野尻ちゃんや芳賀さんたちと二時間置きに交信してるんですけど、まだ誰も手がかりは掴んでません。チーフのほうは、いかがです？」

「状況が変わったんで、まだ石丸家のテープを一度も回収してないんだ」

更級は、岩浪組の富塚の自宅に押し入ったことやマルガリータのことを話した。大和田のことにも触《ふ》れ、現在、極光産業ビルの前にいることも教えた。

「極光産業と『救魂教』の接点がわかりませんね。わたし、どちらかの内部に潜入しましょうか？」

「いや、まだ時期が早いな。それより、石丸家のテープを回収してみてくれないか」

「わかりました。それはそうと、ちょっと引っかかることがあるんです」

「何があったんだ？」

「ただの偶然なのかもしれませんけど、横内現副総理、森、古川の三人の自宅に、きょうの午後、造園会社のトラックが入っていったんですよ」

「同じ造園会社のトラックだったのか？」

「いいえ、社名は三台とも別々でした。それから、訪問した時間も異《こと》なっていました。ですけど、いずれも半ば強引に庭石を寄贈したいと邸内に入っていったんです」

「なんか臭《にお》うな。そいつらは誘拐組織のメンバーなのかもしれないぞ」

「わたしも、そう思いました。警察の動きを探りに現われたんじゃないのかしら？」

「それも考えられるが、そいつらは捜査員たちの目を盗んで、人質の家族に要求書をこっそり手渡したんじゃないだろうか」

「そうなのかもしれませんね」

「造園会社のトラックのナンバーは控えたな？」

「一応、三台とも控えました。それで情報収集班の大型コンピューターで調べてもらったら、三台とも盗難届が出されてました」

「盗難トラックが使われたとなると、いよいよ怪しいな。多分、松浦の私邸と石丸邸にも同じようなトラックが押しかけたんだろう」

「さっきチーフがおっしゃったように、彼らが人質の家族に要求書をこっそり手渡したんだとしたら、当然、消えた女性たちの身内は何らかのリアクションを起こしますよね？　たとえば、捜査員に気づかれないように、お抱え運転手とかお手伝いさんに銀行に走ってもらうとか」

「そうだな。みんなで手分けして、人質の家族の動きを探ってくれないか」

「了解！」

悠子が先に電話を切った。

更級は、また張り込みに専念しはじめた。

十五分ほど過ぎると、ビルの中から五、六人の社員らしい男たちが出てきた。彼らは、ビルの前にたたずんだ。誰かを待っているような感じだった。

更級はパワーウインドーを下げた。

そのとき、ちょうどマークしている男が姿を見せた。待っていた男たちのひとりが、彼に声をかけた。

「大和田部長、これからいつものスナックに行くんですが、ご一緒にいかがです？」

「きょうは、ちょっと風邪気味なんだ。この次は必ずつき合うよ」

背の高い男が答えた。ひと塊《かたまり》になっていた男たちが短い挨拶をして、ぞろぞろと歩きだした。

更級は窓のシールドを閉めた。

数秒後、大和田が歩きだした。車首の方向だった。大和田はコートを手にしているだけだ。まっすぐ帰宅するのかもしれない。しかし、一応、尾《つ》けてみる必要がある。

更級は、スカイラインを緩やかに発進させた。

一分ほど歩くと、大和田は有料駐車場に入っていった。どうやら車で通勤しているらしい。待つほどもなく、駐車場からメタリックグレイのレクサスが出てきた。運転しているのは大和田だった。車内には、ほかに人の姿はなかった。

更級は尾行を開始した。

レクサスは日比谷通りを進み、渋谷に出た。玉川通りを走り、用賀方面に向かっている。横浜市緑区にある自宅に帰るようだ。

更級は、時間を無駄にしてしまったことを後悔しはじめた。

だが、その思いはすぐに萎《しぼ》んだ。大和田の車が三軒茶屋《さんげんぢゃや》で世田谷通りに入り、馬事《ばじ》公苑《こうえん》の並びにある終夜営業のファミリーレストランの専用駐車場に滑り込んだからだ。

中年男が帰宅前に、こういう店に立ち寄る気にはならないだろう。

きっと大和田は、ここで誰かと落ち合うことになっているにちがいない。まず考えられるのが『救魂教』の渥美だ。

更級も、車を広い駐車場に入れた。

すでに大和田はレクサスから離れ、ガラス張りの店に向かっていた。少し間《ま》を置いてから、更級は車を降りた。

うつむき加減に店内に入る。大和田は、窓側の中ほどの席に坐っていた。ちょうどウェイトレスに何かオーダーしているところだった。

更級は、二つほど離れたボックスシートに腰かけた。コーヒーを注文し、近くのマガジンラックから夕刊を引き抜く。更級は新聞を読む振りをしながら、大和田の様子をうかがった。

大和田が、運ばれてきた紅茶を口に運びはじめた。その目は、店の出入口に向けられていた。更級のテーブルにコーヒーカップが置かれたとき、大和田の目にかすかな変化が生まれた。待ち人が現われたようだ。

更級はドアの方を見た。
二十七、八歳のスーツ姿の男が入ってきた。黒いアタッシェケースを提《さ》げている。どこかひ弱な印象を与える。男は大股で大和田の席に歩み寄っていった。渥美の使いの者だろうか。
更級は観察しつづけた。

男が何か言い訳をして、アタッシェケースを大和田のかたわらに置いた。大和田がケースをちらりと見て、男に何か言った。男が目礼し、大和田の前に腰を下ろした。

二人は二言《ふたこと》三言《みこと》会話を交わすと、黙って紫煙をくゆらせはじめた。若い男がコーヒーを注文した。

一本の煙草を喫《す》い終わると、大和田がおもむろに立ち上がった。

若い男は軽く腰を浮かせて会釈しただけで、席を立たなかった。大和田がごく自然な動きで、黒いアタッシェケースを持ち上げた。

一瞬、片方の肩がわずかに下がった。中身は、そう軽くはなさそうだ。札束だろうか。中身を調べるべきか。それとも、若い男の正体を突き止めるべきなのか。

更級は短く迷って、後者を選んだ。

大和田が店から出ていった。若い男は寛《くつろ》いだ表情になり、脚《あし》を組んだ。コーヒーを飲み終えるまで、彼はさらに二本のラークを灰にした。

更級もコーヒーを啜《すす》りながら、煙草を喫った。

やがて、男が立ち上がった。更級は少し遅れて支払いを済ませた。表に出ると、男が青いアウディの運転席に入ろうとしていた。更級は急ぎ足で、自分の車に向かった。

青いドイツ車が走りだした。

更級もスカイラインを発進させた。男の車は世田谷通りを若林の方向に走り、世田谷区役所の裏手に入っていった。道が複雑に入り組んでいて、いささか尾行しにくい。

ほどなくアウディは、三階建てのマンション風の建物の駐車場に停まった。

男の塒《ねぐら》なのか。それとも、知り合いの部屋に立ち寄る気になったのか。こんな深夜に他人を訪ねるのは非常識だ。男は、ここに住んでいるのではないか。

更級は、そう思った。

そのとき、男が車を降りた。そのまま建物の中に入っていった。

更級は外に出た。

門の前まで走る。右の門柱に、金属のプレートが埋まっていた。

〈京和製薬附属生物工学研究所職員寮〉

そう記《しる》されている。更級は口の中で小さく叫んだ。千切れた回路が不意に繋がった気がした。

峰岸利明という研究員が数日前に失踪した事件は、一連の誘拐事件と無縁ではないようだ。奈穂が何者かに拉致されたのも、やはり峰岸の失踪と何か深い関わりがあるとしか思えない。

峰岸は、なぜ消えたのか。

京和製薬附属生物工学研究所と極光産業の接点は何なのか。大和田がさっき受け取ったアタッシェケースの中身が札束だとしたら、研究所側が何か極光産業に依頼したのではないか。

あれは、峰岸をどこかに連れ去ってもらった謝礼だったのかもしれない。峰岸の失踪の謎を解くほうが早道なのではないか。明日、峰岸の家族に会いに行くことにした。

更級はアウディのナンバーを頭に叩き込み、自分の車に足を向けた。

2

いくらか気が咎《とが》めた。

差し出した名刺は、いい加減なものだった。

肩書も氏名もでたらめだ。それでも、峰岸の妻の多津子は少しも疑っていない。

峰岸利明の自宅だ。小田急線の喜多見《きたみ》駅から、あまり遠くない場所にあった。

更級は、玄関脇にある応接間で峰岸夫人と向かい合っていた。コーヒーテーブルの上には、二人分の緑茶が置かれている。

「あのう、法務大臣直属の特捜検事さんというのは、東京地検の特捜部の方とは違うんですね？」

「ええ。わたしたちは、地検の特捜部で梃子《てこ》ずってる事件を極秘で捜査しているわけです」

更級は澄ました顔で答えた。実際には、法務大臣直属の特捜検事など実在しない。

「どうぞご質問を……」

「その後、ご主人から何か連絡がありました？」

「いいえ、何もございません。主人の安否が気がかりで、わたし、夜も眠れない状態でして」

「そうでしょうね。お気持ち、お察しします。警察の事情聴取のときの質問と重なるかもしれませんが、ご協力願います」

「は、はい」

多津子が居ずまいを正した。ごく平凡な女性だが、人柄は悪くないようだ。

「さっそくですが、失踪前に何かご主人に変わった様子は見られませんでした？」

「何か仕事上のことで悩んでいるようでした。ですけど、具体的には何も申しませんでした。だいたい峰岸は、仕事のことは家庭に持ち込まない主義だったんです」

「研究に行き詰まったというような悩みを抱えてらっしゃったんでしょうかね？」

「多分、そういうことではないんでしょう。人間関係の悩みか、将来に対する不安を感じていたのかもしれません」

「そういったことで、ふと何か洩らしたことは？」

更級は問いかけ、日本茶で喉を潤《うるお》した。

「お答えになっているかどうかわかりませんけど、峰岸は夏ごろからアメリカに留学してたときのことをしきりに懐かしがっていました」

「峰岸さんは、スタンフォード大学で遺伝子工学の勉強をされたんでしたね？」

「はい、そうです。それを活《い》かして、いまの研究所では制癌剤やエイズ・ワクチンの開発に携っていました」

「なかなか優秀な研究員だったようですね」

「さあ、それはどうなんでしょう？　でも、所長の今泉さんにはよくしていただいてたようです。今泉所長は、主人の大学の先輩なんですよ。年齢はだいぶ離れてるんですけど、やはり後輩はかわいいいんでしょう」

多津子がそう言って、茶托を自分の方に引き寄せた。だが、湯呑み茶碗は摑み上げなかった。

「峰岸さんが職場を変えたいなどと洩らしたことは？」

「そういう言い方をしたことはありませんけど、一度だけアメリカのバイオ関係の研究所で働いてみたいと申したことがございます。でも、あれはただの憧れみたいなものだったんだと思います」

「研究所のスタッフの方で峰岸さんと親しかった人のお名前を教えてください」

「主人は社交下手でしたので、久我晃一《くがこういち》という若い方と親しくしていた程度で、ほかには特に……」

「そうですか」

更級は、多津子が口にした名に記憶があった。情報収集班の木下が調べてくれた青いアウディの所有者と同じ姓名だった。

「久我さんはまだ二十七歳ですけど、とっても優秀な方らしいんですよ。彼にも主人のことをいろいろうかがってみたんですけど、失踪については何も思い当たらないとおっしゃっていました」

「そうですか。それじゃ、後で今泉所長を訪ねてみましょう」

「そのほうがいいかもしれません。今泉さんはわたしには何もおっしゃらなかったけど、検事さんには何かお話しになるかもしれないので」

多津子が言って、初めて湯呑みに手を伸ばした。

そのとき、飾り棚の上に置かれたプッシュフォンが電子音を発しはじめた。更級は目顔《めがお》で、受話器を取ることを促した。

「ちょっと失礼いたします」

多津子がソファから立ち上がり、電話機に歩み寄った。

更級はマールボロに火を点けた。多津子が受話器を取った。

電話は、未知の者からかかってきたようだ。多津子が相手の名を問い直している。

何かのセールスだろうか。

更級は耳をそばだてた。電話の遣り取りから察すると、セールスではなさそうだ。

数分で、峰岸夫人は電話を切った。更級は短くなった煙草の火を消した。

「検事さんですから、お話しします。いまの電話は、ヘッドハンティングをやっている会社からだったんです」

多津子が困惑顔で言い、ソファに浅く腰かけた。

「人材引き抜きの会社ですか。差し支《つか》えなかったら、もう少し詳しく話していただけませんか？」

「はい。いま電話をくださった会社の方が半月ほど前に峰岸に会って、アメリカのなんとかっていうバイオ関係の有力企業に移らないかと持ちかけたらしいんですよ」

「それで、ご主人はどんな反応を？」

「かなり乗り気になったみたいですね。でも、少し考える時間をいただきたいと主人は即答を避けたそうなんです」

「しかし、なかなか峰岸さんからの連絡がないので、先方が打診してきたわけですか」

更級は先回りして、そう言った。

「ええ、そうなんです」

「その会社の名は？」

「『ダビデ・コーポレーション』の日本支社です。オフィスは霞が関ビルの中にあるそうです。本社は、ニューヨークにあるというお話でした」

「電話をかけてきたのは外国人ですか？」

「いいえ、日本人スタッフでした。支社長はポール・ベレンソンというアメリカ人だそうです。その会社では、これまでに日本の商社マンやエンジニアなどをもう何百人もアメリカの優良企業に世話されたとおっしゃっていました」

「ヘッドハンターに目をつけられたぐらいだから、やはり、ご主人は優秀なんですよ」

「いいえ、そんな。わたし、いまの電話にショックを受けました。なぜ主人は、そのことを妻に話してくれなかったのかしら？」

「多分、気持ちが固まってから、あなたに打ち明けるつもりだったんでしょう」

「そうでしょうか。主人はヘッドハンターと会ったことを研究所の人たちに知られて、職場に居づらくなったのかもしれません」

「それで、発作的に姿を晦《くら》ます気になったと？」

「主人は何事も思い詰めてしまう性分なんです。峰岸は、今泉所長の引きで研究所に入れていただいたんですよ」

「そうだったんですか」

「ですので、今泉所長には恩義を感じていたはずです。ヘッドハンターの誘いに関心を示すことは恩人を裏切ることになるわけですから、主人は必要以上に自分を責めてしまったんだと思います」

多津子はそう言って、うつむいた。

そのとき、インターフォンが鳴った。

「あら、困ったわ」

「大事なお客さんかもしれませんよ。わたしにお気遣いなく」

「それでは、また失礼させていただきます」

多津子が申し訳なさそうに言って、応接間から出ていった。

更級は、また茶を口に運んだ。来訪者が玄関に入る気配がかすかに伝わってきた。

多津子が懐かしそうな声をあげた。男の低い話し声が聞こえてきた。多津子も声をひそめた。

もうこれ以上の収穫は期待できそうもない。引き揚げる気になった。

更級は、煙草とライターを上着の内ポケットに収めた。

そのとき、ドアが開けられた。多津子が顔を覗かせた。

「お客さまは、主人の高校時代のお友達でした。中沢《なかざわ》さんとおっしゃるんですけど、主人がいなくなる前に妙なご相談をうかがったらしいんですの」

「妙な相談？」

「はい。中沢さんが直接、検事さんにお話ししたいとおっしゃっているのですが……」

「ぜひ、その話をうかがいたいですね」

更級は立ち上がった。

多津子に案内されて、三十代半ばの男が応接間に入ってきた。

中肉中背だった。茶系のツイードジャケットを着ていた。長めの髪を真ん中で分けている。どことなく神経質そうな印象を与えた。

「こちらが中沢謙《けん》さんです」

多津子が紹介した。

中沢が会釈し、黒革の名刺入れをポケットから出した。更級も偽名を名乗って、上着の内ポケットを探った。

名刺交換が済むと、中沢は斜め前のソファに腰かけた。

「法務大臣直属の特捜検事さんが現実にいるとは知りませんでしたよ」

「本当は正体を明かさないほうがいいんですがね」

更級は努めて平静に答えたが、やはり落ち着かなかった。

中沢は、『薬品ジャーナル』という業界紙の編集長だった。多津子は騙《だま》せても、中沢には嘘を見抜かれてしまうのではないか。そんな思いが消えなかった。

しかし、それは杞憂《きゆう》に終わった。中沢は、すぐに本題に入った。

「峰岸がいなくなった日の夜、ぼくは彼と会うことになってたんですよ。その前の晩に、峰岸から『おまえに相談したいことがあるんだ』とスマホに電話があったんです」

「そのとき、相談の内容については触れなかったんですか？」

更級は訊いた。

「少しだけ触れました。京和製薬が何か不正なことをしてるとかで、彼は内部告発したいんだと言ってきたんですよ。それで、うちの新聞に匿名でレポートを書かせてほしいとも言ってました」

「不正の内容については？」

「それは会ったときに話すと言って、具体的なことは何も喋りませんでした」

「内部告発ですか」

更級は低く呟き、天井を振り仰いだ。すると、立ったままの多津子がどちらにともなく言った。

「主人は、いったいどんな不正に気がついたんでしょう？　本当に、不正なんかあったのかしら？」

「製薬業界も競争が熾烈《しれつ》だから、たいていどこも多少のごまかしはやってるんですよ」

中沢が即座に答えた。

「たとえば、どんなごまかしをしてるんです？」

「最もポピュラーなのが、新薬の動物実験のデータ改竄《かいざん》ですね。一日も早く厚生労働省の承認を受けたくて、そんなごまかしをやるんですよ。他社に先を越されたら、それまでに注ぎ込んだ億単位の研究費が無駄になってしまいますからね」

「ずいぶんひどい話ね。薬は命に関わるものだから、不正やごまかしはよくないわ」

「奥さんの言っていることは、まさに正論です。しかし、現実にはいろいろなことがあるんですよ。なにしろ、競争社会ですのでね」

「そのへんのことはわからなくはないけど、やっぱり……」

「悪質なメーカーになると、未承認薬なのに、平気で、〝承認済み〟と偽って、堂々と販売してますよ。もちろん、そこまで悪質なケースは多くはありませんけどね」

「名もないメーカーなら、そういうことをするかもしれないけど、京和製薬は名の通った一流企業です。そんな大手が何かよくないことをしてるだなんて、とても信じられません。主人は、何か誤解をしてるんじゃないのかしら？」

「奥さん、峰岸は昔から慎重な男でした。早合点や誤解をするような奴じゃありませんよ」

「峰岸の性格や人柄は、わたしもよく知ってはいますけど」

多津子は言葉を濁し、応接間から出ていった。新しい客に茶を供《きょう》する気になったのだろう。

「ひとつ確認しておきたいんですが、峰岸さんは京和製薬が何か不正をしてると言ったんですか？　それとも、附属の生物工学研究所とおっしゃったんですか？」

更級は、中沢に問いかけた。

「峰岸は、〝うちの会社〟という言い方をしてました。それで、ぼくは京和製薬だと思ったわけですが、彼は研究所のほうを指《さ》してたんでしょうか？」

「わたしは、研究所のことを指してたんだと思います。ふだん峰岸さんは、〝うちの会社〟とか〝うちの研究所〟という具合に呼び分けてたんですか？」

「いいえ。あいつは、ただ、〝うち〟とか、〝うちの会社〟という言い方をしてただけです」

「とすると、やはり、研究所と限定してもいいんじゃないかな」

「そうですね」

中沢が相槌を打った。

「峰岸氏は、どんな不正の事実を摑んだんだと思われます？　中沢さん、あなたなら、何か思い当たることがあるんではありませんか？」

「峰岸のいる生物工学研究所は、いま、エイズ・ウイルスの特効薬の開発を急いでいます」

「エイズ治療薬は、もう市販されてますでしょ？」

「ええ、すでに治療薬が出回ってることは出回っています。中でも、イギリスのバロ－ズウエルカム社が開発したレトロビル・カプセルという商品が有名です。日本での製造販売も承認されています。しかし、あれは重い貧血などの副作用があるんですよ」

「そうなんですか」

「そのほか現在、ミノファーゲンC、ノイロトロピンなどが市販されています。開発中のものは、ものすごい数です。しかし、どれも特効薬とは呼べないんですよ。となると、副作用の少ない医薬品がとりあえず有利になってきます」

「ええ、そうですね」

「新医薬品の承認審査は、なかなか面倒なんですよ」

「それは当然でしょうね。安全性が保証されなければ、怖いからな」

「そうなんですよ。審査は基礎調査からはじまって、前臨床試験、臨床試験と何重にもチェックされます。しかし、最終的には厚労省が中央薬事審議会に諮問《しもん》し、新医薬品を承認するわけです」

「ええ、そうらしいですね」

「つまり、人間が決めるわけですよ。立場上、こんな回りくどい言い方しかできませんが、ぼくが言いたいことはもうおわかりいただけたと思います」

「わかります。しかし、そう簡単に関係者を抱き込めるもんだろうか」

「確証があることではありませんので、ぼくの口からは何とも申し上げられません。ただ、利潤を追求する企業の貪欲《どんよく》なパワーは想像を超えるものがあるようですよ」

「それは、わかってるつもりだが」

「ぼくは、峰岸がその種の不正を嗅ぎつけたんだと思いますね。そして、彼の口を封じる必要のある者がプロの犯罪者を使って……」

「もう峰岸氏は、この世にいないというんですね？」

「ぼくは、何となくそんな気がしてるんです。それでずっと迷ってたんですが、奥さんにいま話したことを打ち明けるべきだと思ったわけです」

中沢はそう言って、暗い顔になった。

彼の推測は、まったくリアリティーがないわけではなかった。しかし、厚生労働省の役人や中央薬事審議会のメンバーがそこまで腐っているとも思えない。

峰岸利明は、別の不正に気づいたのではないだろうか。その不正とは、いったい何なのか。

更級は考えてみた。しかし、何も思い当たらなかった。

ドアが開き、多津子が部屋に入ってきた。盆には、新しい湯呑み茶碗が載っていた。

更級は辞去することにした。中沢は何かまだ話し足りなそうな顔つきだったが、もう聞き出せそうなことはないだろう。

更級は峰岸家を出た。

近くに駐《と》めておいたスカイラインに乗り込む。無造作に車を走らせてから、更級は一方通行の道に入ってしまったことに気づいた。Uターンのできそうな場所は見つからない。仕方なく、そのまま走りつづけた。

広い通りに出て間もなく、テニスコートが見えてきた。羽柴奈穂が通っていたコートにちがいない。

おそらく奈穂は家に帰る途中、峰岸利明が何者かに連れ去られるところを偶然に見てしまったのだろう。正義感の強い彼女のことだから、敢然と制止したにちがいない。そのため、奈穂まで拉致されたのではないのか。

そこまで考えたとき、ふと更級は羽柴の家に行ってみる気になった。

もう正午近い。羽柴が自宅にいる可能性は低かった。無駄になることを承知で、更級は車を成城八丁目に向けた。

閑静な住宅街をゆっくりと進む。ほんの数分で、羽柴の家に着いた。落ち着きのある和風住宅だった。

更級は車のエンジンを切った。

その直後、思いがけなく羽柴が門扉《もんぴ》から走り出てきた。白っぽいコートを着て、黒革の鞄を提《さ》げていた。

更級は声をかけた。羽柴の表情がすぐに険《けわ》しくなった。まだ腹を立てているらしい。

「この近くまで来たもんだから……」

「おまえとは話もしたくないっ」

羽柴が硬い声で言い、小走りに遠ざかっていく。

更級はパワーウインドーを下げ、羽柴に話しかけた。

「奥さんを自分で探し出そうとするのは、ちょっと危険だな。そのことを言いたくて、ちょっと寄ったんだよ」

「おれがどう動こうが、おれの勝手だろうが。おまえの指図など受けん！」

羽柴が立ち止まって、振り返った。更級は問いかけた。

「その後、例の教団の人間と接触できたのか？」

「おまえには関係のないことだっ。放っといてくれ！」

羽柴が大声で怒鳴り、すぐに脇道に駆け込んだ。

更級はパワーウインドーを閉め、エンジンを始動させた。調布市内にある京和製薬附属生物工学研究所に向かった。

3

「峰岸君は、どこにいるんだろう？」

今泉所長が呻くように呟いた。

京和製薬附属生物工学研究所の応接ロビーの一隅だった。更級は失踪者の従弟《いとこ》になりすましていた。すでに名刺交換は済んでいた。むろん、偽名刺を使った。

所長の今泉孝行《いまいずみたかゆき》は五十三、四歳の紳士然とした男だった。髪は半分ほど白い。

「利明の失踪理由ですが、何か思い当たることはないでしょうか?」

更級は深刻そうな表情で、低く問いかけた。

「まさかあのことじゃないだろうな」

「何があったんです?」

「いえね、たいしたことじゃないんですよ。もう一週間ほど前になりますが、わたし、峰岸君をきつく叱ったことがあるんです」

「従兄が何かミスでもしたんでしょうか?」

「ええ、基本的なミスをね。それで、つい怒鳴りつけてしまったんですよ。ニトロソアミンをあんなふうに扱うなんて、本当に彼はどうかしてたんでしょう」

「それは、毒物なんですね?」

「ええ、強力な発癌性を持つ化学物質です。ことにジメチルニトロソアミンが怖いんですよ。だいぶ昔の話ですが、イギリスの研究者が四人も肝硬変を起こし、そのうちの一名は肝臓癌で死亡してます」

「利明は、その怖い化学物質に素手で触れたか何かしたんですか?」

「いいえ、そうではありません。企業秘密に触れますので、詳しいことは申し上げられませんが、とにかく研究者として信じられないような行為をしたんです」

「そのようなミスは初めてだったんでしょうか？」

「ええ、初めてでしたね。しかし、発癌性物質の保管面では何度かミスをしています。そのため、実験用の発癌性物質が紛失したことがありました」

「実験用の発癌性物質といいますと？」

「われわれは研究のため、ハムスターやマウスにさまざまな発癌性物質を与えてるんですよ。要するに、癌細胞を増殖させるわけです。そして、薬効をテストしてるんですよ」

「研究所には各種の発癌性物質が揃ってるんですね？」

「ええ。保管庫の中には、何百種という毒物が入っています。物が物ですから、それらの管理については日頃から口うるさく注意してたんですがね」

「あなたに叱られ、利明はどんな様子でした？」

「だいぶしょげてました。もしあのことが原因で峰岸君が蒸発か何かする気になったんだとしたら、わたし、責任を感じてしまうな」

今泉が表情を翳《かげ》らせた。更級は話題を変えた。

「ところで、この研究所ではエイズ・ウイルスの特効薬開発に力を注いでいらっしゃるとか……」

「峰岸君からお聞きになったんですね？」

「ええ、まあ」

「外部の方にこういうことを洩らしてはいけないんですが、近いうちに京和製薬からエイズ・ウイルスの画期的な特効薬が販売されることになりますよ」

「もう厚労省の承認はお取りになったんですか？」

「それはまだですが、十中八九は間違いないと思います。あなた、もし株に興味がおありなら、いまのうちに京和製薬の株を取得されといたほうがいいですよ」

「今泉さんは、株の売買をやってらっしゃるんですか？」

「ええ、少しばかりね。しかし、資金と度胸がないもんですから、なかなか大きく儲けられなくて苦労してますよ」

今泉が高く笑った。笑うと、品のない顔になった。

「利明は、久我さんという若い方と割に親しかったそうですね？　できたら、その方にもお目にかかりたいと思ってるんですが……」

「それじゃ、久我をここに寄越《よこ》しましょう。わたしはこれから大事な打ち合わせがありますので、これで失礼させてもらいます」

今泉が立ち上がって、足早に歩み去った。

更級は煙草に火を点けた。ヘビースモーカーだった。一日に七、八十本は喫《す》っている。

短くなったマールボロを消したとき、白衣を羽織った若い男が近寄ってきた。

久我晃一だった。更級は腰を上げた。立原《たちはら》と名乗り、職業は翻訳家と偽った。

さきほど今泉所長に渡したものと同じ偽名刺を差し出す。住所も電話番号もでたらめだった。

「峰岸さんの従弟の方に、翻訳家がいるとは知りませんでした」

久我がそう言いながら、椅子に坐った。

「翻訳家といっても、無名なんですよ。それより、あなたは利明とかなり親しかったそうですね？」

「親しかったといっても、たまに仕事の帰りにカフェでお喋りをする程度のつき合いだったんです。峰岸さんは下戸《げこ》でしたからね」

「利明は何か悩んでたようなんだけど、あなた、何か気づかなかったかな？」

更級は相手が年下ということもあって、意図的《いとてき》にくだけた喋り方をした。

「何か思い悩んでるようには見えましたけど、峰岸さんはぼくには何も言いませんでした。ひょっとしたら、所長あたりには何か打ち明けてたかもしれませんけどね」

「今泉さんには何も言ってなかったらしいよ」

「そうですか」

「従兄は同僚たちとはうまくいってたんだろうか？」

「それはうまくいってたと思いますよ。峰岸さんはみんなと飲みには行かなかったけど、基本的には協調性のある人でしたから」

「確かに、そういう面はあるよな。話は飛ぶが、きみは今泉所長にだいぶ目をかけてもらってるようだね？」

「それ、どういう意味なんですっ」

久我が挑むような口調で言った。何か狼狽しているような感じだった。

久我と今泉の間には、何か特別なものがあるのかもしれない。更級は、そう思った。

「所長の奥さんが、ぼくの母親の遠縁になるんですよ。そんなことで、ほかのスタッフより少しはかわいがってもらってるかもしれません。だけど、それだけのことですよ」

「何もそんなにむきになることじゃないと思うがな。そんなふうに力《りき》んで打ち消されると、かえって勘繰りたくなるね」

「何が言いたいんですっ。もう研究室に戻らせてもらいます！」

久我が憤然と席を立った。

あのうろたえぶりは尋常ではない。久我と今泉所長は何かで必ず結びついている。

昨夜も久我は所長の代理で、極光産業の大和田と会ったのかもしれない。

更級はソファから腰を浮かせた。

表玄関から外に出て、来客用の駐車場に向かった。スカイラインに乗り込み、エンジンをかけたときだった。無線機から、野尻の声が流れてきた。

「おれだよ、チーフ。ついさっき、松浦元首相の私邸に怪しい廃品回収のトラックが入ってったんだ。ひょっとしたら、犯人どもが身代金を取りに来たんじゃないかと思ったんだけどさ」

「そうかもしれない。おまえ、電波発信器を持ってるな?」

「持ってるけど、トラックに近づけそうもねえな。門の前にさ、立ち番のお巡りが二人もいるんだ」

「なら、そのトラックを追尾してみてくれ」

「了解、あれっ」

「どうした?」

「いまトラックが出てきたんだけど、第一秘書が運転してる奴と何か言い交わしたんだ。トラックには、古雑誌と新聞の束が山ほど積まれてる」

「妙だな、わざわざ松浦の第一秘書が出てくるなんて。ふつう古新聞なんかは、お手伝いさんか誰かが出すもんだろうからな」

「とにかく、トラックを尾《つ》けてみるよ」

「そうしてくれ。野尻、荷台に身代金らしいものが積まれてても、トラックの男を締め上げたりするなよ。アジトを突き止めるだけでいいんだから」

「なんで締め上げちゃいけねえんだ？」

「蜥蜴《とかげ》の尻尾《しっぽ》を摑んだだけじゃ、ビッグボスに逃げられるかもしれないじゃないか」

「なら、敵のアジトを突き止めるだけにするよ」

「何かわかったら、報告を頼む」

更級は交信を打ち切った。

数分後、今度はジュリアンから無線連絡が入った。

横内副総理の事務所に、コンピューター会社の作業服を着た二人の男が入っていったという。

「別に目つきなんかが怪しいわけじゃないのよ。でも、作業服がやけに新しいの。それに、何となく印象がちぐはぐな感じなのよね」

「そうか。その男たちが何か嵩張《かさば》るような物を持って事務所から出てきたら、一応、その二人組を尾行してみてくれ。さっき野尻からも似たような報告があったんだ」

更級は、かいつまんで経緯を話した。

ジュリアンとの交信を打ち切って、芳賀を無線で呼んだ。芳賀は、日本医師会の森会長の自宅近くにいる。

更級は、野尻とジュリアンの報告を手短に伝えた。

「それじゃ、こちらにも敵の人間が現われるかもしれませんね？」

芳賀が言った。

「充分に考えられるな。それらしい奴らが姿を見せたら、きみのほうも尾行してくれ」

「了解しました。チーフ、渥美の居所がやっとわかりました。教団本部の電話回線に盗聴器と無人自動レコーダーをセットした甲斐がありましたよ」

「で、教祖はどこにいるんだ？」

「沼津支部です。数日中には、日吉の本部に戻る予定のようです」

「そうか」

「それから折戸房江は昨夜《ゆうべ》は日吉本部に泊まらずに、上野毛《かみのげ》にあるマンションに今朝《けさ》までいました」

「そのマンションは教団の名義になってるのか？」

「いいえ、房江名義の分譲マンションでした。ワンフロアがそっくり彼女の自宅になってます」

「そこが渥美と房江の愛の巣ってわけか」

「渥美がその部屋に出入りしてるかどうかは、まだ確認してません」

「そうか。おれのほうは、峰岸の関係者を訪ね歩いてるところだ」

更級は交信を断《た》った。

悠子はどうしているのか。更級は気になって、無線で呼びかけてみた。

だが、応答はなかった。仕事用のアルファードの中にはいないようだ。石丸邸か、古川の自宅のそばにいるにちがいない。

悠子には、後でまた連絡することにした。

更級はスカイラインを走らせはじめた。研究所を出て、甲州街道に向かう。霞が関の『ダビデ・コーポレーション』を訪ねるつもりだ。

甲州街道は、ひどく渋滞していた。

少し走ると、すぐにブレーキを踏まなければならなかった。

更級は舌打ちして、ラジオのスイッチを入れた。選局ボタンを何度か押すと、ニュースが流れてきた。

「次のニュースです。今朝十時半ごろ、東京・新宿中央公園の遊歩道近くの植え込みの中で、若い外国人女性が死んでいました。この女性は、コロンビア国籍のマルガリータ・サルガードさん、二十五歳とわかりました」

男性アナウンサーが、いったん言葉を切った。

更級は強い衝撃を覚えた。

「警察の調べによると、マルガリータさんは昨夜のうちに別の場所で絞殺され、発見現場に遺棄《いき》された模様です。マルガリータさんは新宿のナイトクラブでショーダンサーとして働いていましたが、数日前から行方がわからなくなっていました。マルガリータさんは、二年ほど前に興行ビザで……」

更級は、ラジオのスイッチを切った。胸に何か重苦しいものがのしかかってきた。悲しみと怒りがない交《ま》ぜになった感情だった。

やはり、マルガリータは大和田の差し向けた殺し屋に尾行されていたのだろう。更級は、自責の念にもさいなまれはじめた。頭のどこかで、マルガリータの透明な笑顔が明滅した。それは、富士山の新五合目で小さな土産を買ってやったときの笑顔だった。

マルガリータは運のない女だった。そう思うことにする。

更級は胸の感傷を追いやって、車を都心に走らせつづけた。霞が関ビルに着いたのは、およそ五十分後だった。

更級はスカイラインを駐車場に預け、エレベーターで十七階まで上がった。『ダビデ・コーポレーション』は、エレベーターホールの近くにあった。

更級はオフィスに入った。

峰岸利明の従弟になりすまして、日本人の受付嬢に来意を告げた。拍子抜けするほど、あっさり面会を許された。

受付嬢に導かれ、奥の支社長室に入る。六十絡《がら》みの白人男性が、パソコンのディスプレイを覗き込んでいた。それがポール・ベレンソンだった。

「立原といいます。峰岸利明の従弟です」

更級は英語で自己紹介した。すると、澱《よど》みのない日本語が返ってきた。

「ポール・ベレンソンです。よくいらっしゃいました」

「日本語がお上手ですね」

「いえいえ、まだまだ未熟です。どうぞそちらにお掛けください」

ベレンソンが立ち上がって、クリーム色の総革張りのソファセットを手で示した。

二人は名刺を交換した。ベレンソンは更級よりも十センチほど背が低かった。

その分、肉づきがよかった。迫《せ》り出した小腹がどこかユーモラスだった。

薄い髪も黒っぽく、どことなく東洋人に近い風貌だ。ただ、瞳は色素の淡いブルーだった。むろん、鼻も高かった。

二人はソファに坐った。向かい合う形になった。

「峰岸さんが失踪したという話を聞いて、とても驚きました」

ベレンソンが先に口を開いた。

「その話は、どなたからお聞きになったんです？」

「研究所の方からです。午前中にうちの日本人スタッフが峰岸さんのお宅に電話を差し上げたのですが、応対に出られた奥さんの話がどうもおかしいというので、わたし自身が研究所に電話をかけたんですよ」

「そうですか。あなたは、利明にはお会いになっているのでしょうか？」

　更級は訊いた。

「ええ、十日ほど前にお目にかかりました。そのとき、アメリカのバイオ関係の有力企業にお移りにならないかとお誘いしたんですよ。峰岸さんは、とても乗り気になられました」

「そうですか」

「それなのに、突然、姿を晦ましてしまうなんて、とても理解できません」

　ベレンソンが肩を竦めた。

「こちらにうかがえば、何か手がかりを得られるかもしれないと思ったのですがね」

「お役に立てなくて、申し訳ありません。峰岸さんのような優れた研究者をお世話できなくて、すごく残念です。日本の大手商社には優秀なビジネス・エグゼクティブがたくさんいらっしゃいますけど、バイオの研究者は意外に少ないんですよ」

「そうかもしれませんね。ベレンソンさん、従兄のことはどこでお調べになられたんです？」

「スタンフォード大学のマッケンジー教授のご紹介でした」

「そうですか。利明は引き抜きの話に乗り気だったとおっしゃいましたが、何か現在の勤め先について不満めいたことを洩らしてました？」

「人間関係に煩《わずら》わされることなく、研究に没頭したいというようなことはおっしゃっていましたね」

「何か内部告発めいた話はしてませんでした？」

「いいえ、そういったことはまったくお話しにならなかったですね。京和製薬は、何か後ろ暗いことでもしてるんですか？」

「事実かどうかわかりませんが、従兄は友人の業界紙の編集長に内部告発のレポートを匿名で書かせてくれないかと相談を持ちかけたようなんですよ」

「そうなんですか。内部にいる峰岸さんがそうおっしゃったんでしたら、京和製薬は何か不正をしてるのかもしれませんね」

ベレンソンがそう言って、腕時計をちらりと見た。

「お忙しいようですから、ここらで失礼します」

「忙《せわ》しなくて、申し訳ありません。これから、商談があるものですから」

「こちらこそアポもなしに勝手にお訪ねして、ご迷惑をおかけしました」

更級は腰を上げ、深々と頭を下げた。

ベレンソンに見送られて、『ダビデ・コーポレーション』日本支社を出る。

たいした収穫はなかった。こうなったら、極光産業の大和田をとことんマークするしかない。そして、誰かメンバーに久我晃一の動きを探らせよう。

更級はエレベーターホールに急いだ。

4

空電音が響いた。

部下からの報告だろう。更級は高性能無線機に腕を伸ばした。それは、ダッシュボードの下にあった。

更級は極光産業ビルの前で張り込んでいた。スカイラインの中だ。午後三時過ぎだった。

「チーフ、あたしよ」

ジュリアンだ。

「何があったんだ?」

「ちょっと怖い思いをしたの。もうちょっとで死ぬとこだったわ。例の作業服の男たちの車を尾行したんだけど、途中で敵に気づかれちゃったのよ」

「で、何をされたんだ?」

「助手席にいた奴が走る車の中から、口の開いた砂袋を投げ放ったの。それも、東名高速でよ。路面に散った砂で、危うくスリップするところだったわ」

「場所は？」

「沼津ICを過ぎて間もなくだったわ。あたしの後ろを走ってた車はまともにスリップして、ビリヤードの玉みたいに左右に何度も弾かれてた。その車に後続車が次々に突っ込んできて、十五、六台が玉突き衝突しちゃったの」

「怪しい男たちの車は見失ってしまったんだな？」

「そうなの。チーフ、ごめんね。まさかハイウェイで、あんなことをされると思わなかったから」

「気にするな、ジュリアン。それより、男たちは横内副総理の事務所から何を運び出したんだ？」

更級は問いかけた。

「段ボールを十二、三箱よ。中身を確かめるチャンスはなかったけど、だいぶ重そうだったわ」

「男たちだけで箱を車に積み込んだのか？」

「ううん、背広を着た男が手伝ってたわ。彼は、横内事務所の者だと思う。あれは、身代金だったんじゃないのかしら？」

「多分、そうなんだろう。いま、どこにいるんだ?」

「愛鷹《あしたか》サービスエリアよ」

「それじゃ、次の富士ＩＣでいったん降りて、東京に戻ってこい。別の人間を尾行してほしいんだ」

更級は久我晃一の勤務先と寮の場所を詳しく教え、マイクをフックに掛けた。

横内副総理は、犯人側と密かに取引をしたようだ。ほかの四人の大物も、おそらく敵の要求を呑むつもりなのだろう。

少し経つと、黒いベンツがスカイラインの横を走り抜けていった。更級はベンツを目で追った。

ベンツは極光産業ビルの前に停まった。初老の運転手が素早く車を降り、後部座席のドアを開けた。車内から出てきたのは代表の黒沼敬久だった。

黒沼は一見、商社マン風だ。

崩れた感じはみじんもない。いかにも仕立てのよさそうな背広に身を包んでいる。

髪は不自然なほど黒々としていた。多分、染めているのだろう。

黒沼は自信に満ちた足取りでビルの中に入っていった。初老の運転手が車の中に戻る。

ほどなくベンツは走り去った。ビルには、駐車場がなかった。

五分ほど経過したころ、特殊スマートフォンが鳴った。

特殊スマートフォンを耳に当てると、野尻の声が流れてきた。

「トラックは、やっぱり敵の一味だったよ」

「アジトを突き止めてくれたんだな？」

「いや、そいつがちょっと失敗《ドジ》っちまってさあ。奴らのひとりが消音器付きのライフルで、おれの車のタイヤを撃ち抜きやがったんだ。そんなわけで、追跡できなくなっちまったんだよ」

「どこでタイヤを撃たれたんだ？」

「静岡の菊川ＩＣを降りてから、ちょっと走った山ん中だよ。おそらく奴らはおれの尾行に気づいて、山の中に誘い込んだんだろう」

「やっぱり、東名高速か。実はな、ジュリアンも東名で危ない目に遭《あ》ったらしいんだ」

更級は詳しい話をした。口を結ぶと、野尻が呟《つぶや》いた。

「奴らは、身代金をアジトに集める気なんだな」

「多分、そうだろう。アジトは名古屋周辺か関西あたりにあるのかもしれない」

「くそっ。ジュリアンだけじゃなく、おれまで尾行を見破られるなんて！」

「野尻、そう腐るな。まだ敵のアジトを突き止めるチャンスがないわけじゃない。石丸、森、古川の三家は、まだ身代金の類を犯人側に渡した様子はないからな」

「芳賀の旦那がうまくやってくれるといいけどな。敵も結構やるから、下手すると、あの旦那も……」

「あんまり悲観的に考えるな。タイヤの交換が済んだら、東京に戻ってきてくれ。それで、松浦元首相の私邸を張ってみてくれないか。敵が身代金を手に入れたとしたら、人質の美晴を解放するはずだ」

「そうだろうね。なんとか人質解放の場所をキャッチして、今度こそ敵の一味を取っ捕まえてやる！」

「その意気で頼む」

更級は電話を切ると、芳賀に無線で連絡をとった。

芳賀は、日本医師会の森会長宅の近くにいた。少し前まで、古川会頭宅の前で張り込んでいたらしい。いまのところ、変わった動きはないという。

更級は、ジュリアンと野尻が尾行を撒《ま》かれたことを話した。

「それじゃ、少し慎重に動くようにしましょう」

「敵は銃器を携帯してるようだから、拳銃の手入れをしといたほうがいいな」

「二挺とも手入れ済みですよ」

芳賀が言った。彼は、ハードボーラーとヘッケラー&コッホＶＰ70Ｚを持ち歩いている。どちらも『牙』の自動拳銃ではない。

芳賀が危険抹消人《リスク・エリミネーター》をやっていた時代に使っていた銃器だ。二挺とも、すでに体の一部になっているのかもしれない。

「応援が必要なときには声をかけてくれ。おれは、もうしばらく極光産業ビルの前にいる」

「わかりました」

芳賀の声が消えた。

更級はマイクを無線機のフックに戻すと、干し肉を齧《かじ》りはじめた。張り込みや尾行をしているときには、きちんとした食事は摂《と》れない。

そのためにメンバーは全員、おのおの車に乾燥食品や飲みものを積み込んでいた。

干し肉を平らげたとき、無線機から悠子の声が響いてきた。

「チーフ、聴こえますか？」

「ああ、感度良好だ。現在地は？」

「石丸邸のすぐ近くにいます。ついさきほど、邸内にコンテナトラックが入っていきました」

「コンテナトラック？」

「ええ。それで、塀によじ登って邸《やしき》の中を覗いてみたんです。そうしたら、そのトラックは庭の一隅にある石丸美術館の前に横づけされてました」

「そうか、西急コンツェルンの総帥は私設美術館を持ってたんだな」

「ええ、石丸寛治はコレクターとしても有名です。世界の名画をはじめ、陶芸品、古美術品をたくさん所蔵してるはずですよ。それでわたし、誘拐組織が身代金の代わりに美術品を要求したのではないかと思ったんですが……」

「それは考えられるな。いいことに気づいてくれた。一点数十億円の絵画も珍しくないからな」

「ええ。名画の価値は下がりません。敵は、そのことに目をつけたんじゃないかしら？」

「きっとそうだ。石丸は、ゴッホ、ピカソ、ルノアール、セザンヌ、マチス、モネなどの初期の作品をほとんど持ってるそうだからな」

「海外の名画だけではなく、日本画の秀作や中国の古代陶磁器なども持ってるようです。所蔵品の総額は、軽く十兆円を超えるだろうと言われてます」

「敵は身代金代わりに価値の高い美術品をせしめて、それを闇のルートで換金するつもりなんだろう。札束を運ぶより、手間はかからないからな。それに、ある意味では安全だし、逃げやすくもある」

「そうですね。でも、世界中に知れた名画や陶芸品を引き取ってくれる故買屋がいるでしょうか？」

「おれは存在すると思うよ。コレクターの中には盗品と知りながらも、名画を手に入れたいと考えてるコレクターがいるはずだ。そういう連中がいれば、必ず故買屋は存在するだろう」

「そうかもしれませんね」

「そのコンテナトラックを尾行してくれ」

「わかりました」

「それでチャンスがあったら、トラックの荷台の下にGPS発信器を取りつけてくれないか。そうすれば、距離を大きく取れるから、敵に尾行してることを覚《さと》られずに済む」

「ずいぶん慎重なんですね」

悠子が茶化すように言った。

「野尻とジュリアンが尾行に失敗してるんだ」

「松浦元首相と横内副総理の家にも敵が身代金か、それに代わるものを取りに現われたんですね？」

「そうなんだ」

更級は手短に経過を話した。口を閉じると、悠子が言った。

「そういうことがあったんだったら、少し慎重に尾行します」

「ああ、そうしてくれ。ひとりで手に負えないと判断したら、すぐにおれに連絡してほしいんだ」

「はい、そうします」

悠子の声が沈黙した。

そのとき、細長いビルから大和田が出てきた。更級は無線のマイクをフックに掛け、エンジンをかけた。

大和田がきのうと同じように近くの駐車場まで歩き、レクサスに乗り込んだ。すぐに彼は車を走らせ、神田橋ランプから高速五号池袋線に乗った。

更級は数台の車を挟んで追尾しつづけた。

レクサスは護国寺《ごこくじ》ランプで降り、不忍《しのばず》通りを右に折れた。しばらく直進して、六義《りくぎ》園《えん》の脇に停まった。大和田は車を路上駐車させ、六義園の中に駆け込んでいった。

更級も車を降り、大和田の後を追った。

園内の中ほどに大和田の姿があった。人待ち顔で、たたずんでいる。ここで、誰かと落ち合うつもりらしい。更級は園内を散歩する振りをしながら、大和田の様子をうかがった。
五、六分が過ぎたころ、二人の若い男が大和田に駆け寄った。どちらも二十一、二歳だった。元暴走族か何かだろう。
大和田が、男のひとりに茶封筒を渡した。

封筒は薄っぺらだった。中身は写真のようなものだろう。

男が、その場で中身を検《しら》べようとした。

大和田が、それを窘《たしな》めた。男が頭を掻いて、茶封筒をボマージャケットの内ポケットに滑り込ませる。

大和田が別の茶封筒を取り出した。

それは、いくらか厚みがあった。男は封筒を受け取り、顔を綻《ほころ》ばせた。かたわらの男も嬉しそうに笑い、ぴょこんと頭を下げた。髪を部分的に赤く染めている。いわゆるメッシュだ。

大和田が先に出口に向かった。

更級は、大和田を追わなかった。半グレ風の男たちを尾行する気になったからだ。三分ほど経ってから、若い男たちが出口に足を向けた。更級は数十メートルの距離を保ちながら、二人の後を追った。

男たちは、近くに駐《と》めてあった白っぽいエルグランドに乗り込んだ。運転席に坐ったのは、赤毛のほうだった。助手席のボマージャケットのほうが兄貴格なのだろう。

更級は、自分の車に駆け寄った。

エルグランドと同じ通りに駐めてあった。彼らの車の方が後ろだった。

エルグランドが更級の横を通り抜けていった。

更級はスカイラインに乗り込み、エルグランドを追った。二人組の車は本郷通りをたどり、やがて外堀通りに出た。

行き先は、まるで見当がつかなかった。

エルグランドが停まったのは市谷《いちがや》左内町のオフィスビルの前だった。

更級も車を左に寄せ、そのビルの袖看板を見上げた。三階の看板には、薬品ジャーナル社という文字が記されている。

二人組は、編集長の中沢に会いに来たのかもしれない。

男たちが車から出て、目の前にあるオフィスビルの地階に降りていった。そこは、喫茶店だった。

少し時間を遣《や》り過ごしてから、更級も同じ店に入った。

客席は半分も埋まっていない。ラップ・ミュージックが低く流れていた。二人の男は、レジに近い席に坐っていた。

更級は奥のテーブル席に腰を下ろし、コーヒーを注文した。

少し経つと、ボマージャケットの男が茶封筒を懐から掴み出した。テーブルの下で十枚ほどの一万円札を抜き取り、髪を斑《まだら》に赤く染めた男に渡した。

男たちは、中沢に何かするつもりなのかもしれない。それは脅迫なのか、それとも拉致なのか。

更級は、もう少し二人組の動きを探ることにした。

ボマージャケットの男が懐からスマートフォンを取り出したのは十数分後だった。

男は小さな紙切れを見ながら、アイコンをタップした。更級は耳に神経を集めた。

「えーと、編集長の中沢さんはいらっしゃいます？」

男が喋りはじめた。

当然のことながら、先方の声は聴こえない。しかし、男が薬品ジャーナル社に電話をしていることは間違いなさそうだ。

「いいえ、代わっていただかなくてもいいんです。五時半ごろ、取材に出かけちゃうんですね？」

「そうですか。はい、どうも」

男が電話を切り、相棒にVサインを送った。赤毛が、にんまりした。

やはり、男たちは中沢編集長に何かする気らしい。

二人が店を出たのは五時十五分過ぎだった。更級も立ち上がった。レジで支払いを済ませ、表に走り出た。

あたりは暗かった。

男たちは薬品ジャーナル社のあるビルの表玄関に立っていた。更級は物陰に隠れて、二人の動きを観察しはじめた。

少し経つと、赤毛の男が数軒先にある本屋に駆け込んだ。ほんの一分ほどで、店から出てきた。男は一冊の週刊誌を手にしていた。

元の場所に戻り、ボマージャケットの男と何やら小声で話しはじめた。

中沢がビルの中から出てきたのは、ちょうど五時半だった。

男たちは合図し合うと、すぐに中沢に声をかけた。中沢が怪訝《けげん》そうな顔で、立ち止まった。二人の男が駆け寄り、中沢の両側に回り込んだ。ボマージャケットの男が馴《な》れ馴れしげに中沢の肩に腕を回した。

すぐに中沢の顔が引き攣《つ》った。

髪を赤く染めた男が、丸めた週刊誌を中沢の脇腹に突きつけていた。中には、刃物が隠されているにちがいない。

男たちに脅され、中沢が歩きだした。

更級は三人の後を追った。二人組は歩きながら、しきりに左右を見回している。中沢を連れ込めそうな場所を探しているのだろう。

男たちは中沢をさんざん歩かせてから、ようやく古びた雑居ビルの屋上に連れ込んだ。

三人のほかには、人影はない。

赤毛の男が残忍そうな笑みを浮かべて、丸めた週刊誌を投げ放った。やはり、男はハンティング・ナイフを握っていた。

ボマージャケットの男が仲間の手からナイフを取った。

「きみらは何者なんだっ」

中沢が後ずさりしながら、二人の男を交互に見た。ボマージャケットの男がナイフを弄《もてあそ》びながら、冷然と言った。

「ちょっと痛めつけるだけだ。殺しゃしねえよ」

「なんで、ぼくにそんなことを⁉」

「うるせえんだよ、てめえは！」

男は吼《ほ》えるなり、中沢に駆け寄った。

前蹴りを放つ。蹴りは、下腹にめり込んだ。中沢が呻いて、身を屈《かが》めた。

「ひと汗かきたいんだったら、おれが相手になってやろう」

更級は声を投げた。二人の男が、ほぼ同時に振り返った。

ボマージャケットが声を張りあげた。

「何でえ、てめえは！」

「おまえらこそ、どこの半グレなんだっ」

「この野郎、でけえ口をたたきやがって」

赤毛男が気色《けしき》ばんで、突進してきた。男は走りながら、固めた拳《こぶし》を大きく後ろに引いた。

更級は先に相手の胃袋《ストマック》にパンチを打ち込んだ。拳が深く埋まる。

男が棒立ちになった。すかさず更級はショートアッパーで、相手の顎を掬《すく》い上げた。

骨と肉が鳴った。赤毛の男が大きくのけ反って、引っくり返った。

「てめえ、刃物《ヤッパ》でぶっ刺してやる！」

ボマージャケットの男が息巻いて、勢いよく突っかけてきた。

白っぽい光が揺曳《ようえい》した。更級は一歩退《さ》がっただけで、なんなくナイフを躱《かわ》した。

男が、いきり立った。すぐにナイフを泳がせた。更級は横に逃げると見せかけて、右足を飛ばした。

前蹴りが男の腿《もも》に当たった。男は体をふらつかせた。隙だらけだった。

更級は回し蹴りを見舞った。蹴りは相手の胴を直撃した。男が声をあげ、横倒しに転がった。

弾《はず》みで、ナイフが手から離れた。無機質な落下音がした。更級は、おもむろにナイフを拾い上げた。

ボマージャケットの男がぎょっとし、慌《あわ》てて跳ね起きた。

すでに赤毛の男は身を起こしていた。

二人は肩と肩を寄せ合った。明らかに、男たちは怯《ひる》みはじめていた。

中沢が起き上がって、暗がりの中で目を凝《こ》らした。

「あっ、あなたは……」

「中沢さん、ちょっと離れててください」

更級は言って、二人組の前に進み出た。

男たちが数歩、後退した。

「おまえら、岩浪組の者か？」

「おれたちはヤー公じゃねえよ」

ボマージャケットの男が答えた。

「やっぱり、半グレだったか。大和田とは、どういうつき合いなんだ？」

「誰だよ、大和田って？」

「おまえらが六義園で会ってた背の高い男だ」

「あんた、あそこから尾《つ》けてきたのか⁉　全然、わかんなかったよ。あの男は大橋って名乗ったぜ、おれたちには」

「そうか。知り合って間もないようだな」

「きのうの晩、知り合ったんだ。おれたちが新宿で遊んでたら、あいつが近寄ってきて、ある奴を痛めつけたら、五十万くれるって言ったんだよ。それで、おれたちは話に乗ったんだ。それだけの関係だよ」

「痛めつけるだけでいいって言われたのか？」

「いや、半殺しにしたら、『峰岸のことはもう忘れろ』と言えって命令されたよ」

「なるほど、そういうことだったのか」

「大橋って男から貰った五十万、あんたにやってもいいよ。だから、それで話《ナシ》がついたことにしてくれねえか？」

「金はいいから、中沢さんに二度と近づくな。それから、大橋って名乗った男には約束を守ったと報告しとけ」

「わかったよ」

「早く中沢さんに謝って、とっとと消え失《う》せろ！」

「あ、ああ」

二人組は中沢に詫び、逃げるように走り去った。

「検事さん、ありがとうございました。それにしても、なぜ、ぼくがわけのわからない奴らに襲われなければならないんでしょう？」

中沢は合点がいかないようだった。

「あなた、峰岸さんの失踪理由について、多津子さんとわたし以外の誰かに話しましたね？」

「東都新報の社会部にいる知り合いに話しました。その記者は峰岸の失踪に興味を持ちまして、さっそく取材してみると言ってました。ぼくは、峰岸の失踪事件の真相を誰かに暴《あば》いてもらいたかったんですよ」

「中沢さんが襲われたのは、新聞記者に峰岸氏のことを話したためでしょう」

「そうすると、知り合いの記者も暴漢に狙われるかもしれないですね？」

「それは、充分にあり得るでしょうね。敵は手強《てごわ》い連中のようです。後は、われわれプロに任せてくれませんか」

「それじゃ、峰岸はやっぱり京和製薬の関係者に拉致されたんですね？」

「そのあたりのことは、まだ何も申し上げられません。しかし、相手が素人探偵たちの手に負えない連中であることははっきりしています。ですから、敵を刺激するようなことは慎んでください」

　更級は言った。

「わかりました。検事さん、峰岸のために一刻も早く犯人を割り出してください。お願いします」

「できるだけのことはやるつもりです」

「これから取材で人に会うことになってますので、ここで失礼します」

　中沢がそう言って、あたふたと降り口の方に駆けていった。

　これで、京和製薬附属生物工学研究所と極光産業が何かで繋がっていることがはっきりした。やはり奈穂は峰岸が拉致される現場に居合わせたため、巻き添えを喰ってしまったのだろう。

更級はそう思いながら、ハンティング・ナイフの捨て場所を目で探した。

第四章　生物化学兵器

1

何かが動いた。

暗がりの奥だった。更級は足を止めた。息を殺し、漆黒《しっこく》の闇を凝視する。

樹木の小枝が小さく揺れていた。ムササビか何かが、別の枝に移ったのだろう。

東京・西多摩郡の檜原《ひのはら》村である。

都下といっても、それこそ鄙《ひな》びた山村だ。民家は疎《まば》らで、人口も少ない。

ふたたび更級は、林道を歩きはじめた。

無線で悠子に応援を要請され、彼は市谷から駆けつけたのだ。スカイラインは、かなり下の道に駐《と》めてある。

敵のコンテナトラックは、廃校になった小学校の校庭に停まったままらしい。いったい、どういうことなのか。

歩きながら、更級は考えた。

敵は身代金代わりに石丸家から強奪した美術品を、いったん近くの山の中にでも隠すつもりなのか。あるいは、このあたりに故買屋の秘密倉庫でもあるのだろうか。

少し行くと、林の中に頭を突っ込むようにして一台の車が停止している。

悠子が活動中に使っているアルファードだ。車内は無人だった。悠子は、敵に捉《とら》えられてしまったのか。

更級はショルダーホルスターから、グロック32を引き抜いた。歩《ほ》を進めながら、できるだけ静かに拳銃のスライドを引く。

百メートルほど歩くと、前方で小さな火が点滅した。

ペンシルライトが瞬《また》いたのだ。悠子だろう。

更級は足を速めた。前方から、見覚えのある人影が近づいてくる。

やはり、悠子だった。黒革のジャンプスーツに身を包んでいる。均整のとれた体の線が露《あらわ》だ。色っぽかった。

悠子はUZI《ウージー》を手にしていた。イスラエル製の短機関銃《サブマシンガン》だ。

「チーフ、申し訳ありません。わたしひとりだと、しくじるかもしれないと思ったものですから」

向き合うと、悠子が開口一番に言った。更級は早口で問いかけた。

「そんなことより、敵の人員は？」

「四人です。そのうちのひとりは白人の男でした」

「外国人がいるって⁉」

「その男が指揮を執《と》ってるの。国際的な誘拐組織なのかもしれないわね」

悠子が、くだけた口調になった。更級と二人だけだからだろう。

「その白人男は、最初からコンテナトラックに乗ってたのか？」

「ううん。あきる野市のドライブインで、初めの三人と合流したの」

「そうか。三人の男は、どんな奴らだった？」

更級は闇に目を配りながら、小声で訊いた。

「三人とも、明らかに二十代ね。岩浪組の関係者じゃないと思うわ。やくざっぽいところは、まったくなかったから」

「何者なんだろう？」

「多分、『救魂教』の連中だと思うわ。三人ともトレーナーの上に、作務衣《さむえ》みたいなものを羽織ってたの」

「妙な取り合わせだな。それで、四人の男たちは何をしてる？」

「校舎の中に入ったきりよ。男たちは、ヘリが来るのを待ってるんじゃないのかな」

「せしめた美術品をヘリでどこかに運ぶってわけか」

「ええ、そうなんでしょうね。校庭なら、大型ヘリだって降りられるから」

「そうだな。多分、きみの推測は正しいんだろう」

「ヘリが到着する前に、校舎の中にいる男たちを押さえたほうがいいんじゃないかしら？」

「だろうな。四人を楯《たて》にして、ヘリに乗り込もう」

「それじゃ、廃校に案内するわ」

悠子が言って、先に歩きだした。もちろん、ペンシルライトは点けなかった。

手探《さぐ》りで進む。歩行には、それほど支障はなかった。すでに、目が暗さに馴《な》れたせいだろう。

五分ほど歩くと、廃校に着いた。

更級は分教場だと勝手に思い込んでいたが、そこはかつて本校だったようだ。といっても、木造校舎はだいぶ古い。建ててから、四十年は経《た》っているのではないか。

ただ、さすがに校庭は広かった。

都心の小学校とは大違いだ。優に三、四倍はあるだろう。アスファルトではなく、土の校庭だった。

門扉《もんぴ》はなかった。朽《く》ちかけた丸太の門柱があるだけだ。

コンテナトラックは校舎寄りに駐められている。ライトは点いていなかった。トラックの周《まわ》りにも、人の気配はうかがえない。

「男たちがいる場所に近づこう」

更級は悠子に低く言い、中腰で走りはじめた。すぐ後から、悠子が従《つ》いてくる。

校舎の窓ガラスは、あちこち割れていた。

破れたガラス戸が小さく風に揺れている。このあたりは、夜間の冷え込みが厳しい。吐く息が、たちまち白く固まる。

中ほどの教室が仄《ほの》かに明るかった。

どうやら男たちは、そこにいるらしい。二人は、その教室に忍び寄った。

中を覗き込む。机や椅子は見当たらなかった。

広々とした床板に、反射板付きのガソリン・ランタンが置かれている。ランタンが赤く燃えていたが、男たちの姿はなかった。

揃って姿が見えないのは、罠なのではないか。

更級は悪い予感を覚えた。

その直後だった。後ろで、拳銃の撃鉄《ハンマー》を起こす音が硬く響いた。

音は二つだった。それは、敵が二挺の拳銃を所持していることを意味した。

更級と悠子は、それぞれ後頭部に銃口を押しつけられた。

「おまえたち、こんな所で何をしてるんだ?」

男の声が訊いた。英語だった。白人の男だろう。

更級は前を向いたまま、英語で答えた。

「おれたち、道に迷ったんだよ。ここに小さな明かりが見えたんで、人がいると思ったんだ。そこに、トラックもあったしね」

「嘘をつくな。女がこんな物騒な物を持ってるじゃないか」

男が言って、悠子の手からUZIを奪い取った。

更級は自動拳銃をそっとホルスターに戻し、レザージャケットの前で両手を組んだ。

敵が言った。

「校舎の中に入ってもらおう。おかしな真似をしたら、コルト・パイソンとS＆W《スミス　ウェッソン》 M29が同時に火を噴くことになるぞ」

「わかった。おとなしく命令に従おう」

更級は、かたわらの悠子に言い諭《さと》すように大声をあげた。

白人男の後ろには、三人の日本人がいるようだった。だが、彼らはまったく口を開かなかった。更級たちは、ランタンの燃えている教室に連れ込まれた。振り向くことさえ許されなかった。

「二人とも、拳銃を足許に落とすんだ」

背後で、白人男が言った。

「そんなものは持っちゃいないよ」

「嘘をつくと、ためにならないぜ。早く武器を捨てるんだっ」

「わかったよ。あんたの言う通りにしよう」

更級はホルスターからグロック32を引き抜き、足許にそっと置いた。

少し遅れて、悠子が更級に倣《なら》う。

作務衣を着た二人の日本人が回り込んできて、床の銃を拾い上げた。

「おまえら、ただのネズミじゃないな。おおかた、プロの窃盗団なんだろう」

「まあ、そんなようなもんだ」

更級は話を合わせ、ゆっくりと振り返った。悠子も体を反転させる。

目の前に、白人の男が立っていた。
三十六、七歳だろうか。顔がやけに長く、唇がひどく薄い。黒い瞳には、酷薄そうな光が宿っている。髪は褐色だった。エアフォースのフライトジャンパーを着ている。
作務衣のような上っぱりを着た三人の男は、それぞれ銃器を手にしていた。更級たちの物だ。

だが、彼らは扱い方がよくわからないらしい。きわめて危険な持ち方をしていた。下手をすると、自分の体を傷つけることになるだろう。

「アメリカ人か?」

更級は白人の男に問いかけた。

「囚《とら》われた者には質問する権利なんかない。質問するのは、このおれだ。おまえたちは、コンテナトラックに積んである物を狙ってるんだな？」

「ああ、その通りだ。あんたたちが西急コンツェルンの石丸会長からせしめた美術品をな」

「おい、言葉に気をつけろ。トラックに積んである物は、どれも買ったんだ」

「買っただと⁉」

「そう、一点百円でな。マチスの五十号の絵がたったの百円だぜ。時価は何億円もするだろうから、いい買物だったよ」

「たとえ一点百円でも、きちんと払えば、法には触れないってわけか」

「そういうことだな。ゴッホもピカソも百円さ。それから、古代ペルシャのガラスの壺も同じ値だった。北斎や広重の絵もあるぜ」

「そんな小細工が通用すると思ってるのかっ。それに、あんたたちはすでに石丸会長の娘をさらってる。日本じゃ、誘拐の罪は重いんだ」

「お、おまえは何者なんだ⁉」

白人男が目を剝《む》いた。

「そんなことより、あんたのボスは誰なんだっ。極光産業の黒沼か？　それとも、『救魂教』の渥美なのかっ」

「おまえら、警察なのか？　早く正体を吐きやがれ！」

「そいつは言えないな」

「だったら、撃ち殺すまでだ」

男が両腕を水平に構えた。二挺のハンドガンは、ほとんどぶれていない。拳銃の扱いには、かなり馴れている様子だ。

引き金《トリガー》に指がかかった。

男の指先が動いたら、更級はすぐにスライディングするつもりだった。横に立った悠子は、男との距離を目で測《はか》っている。袈裟《けさ》蹴りでも放つ気なのかもしれない。

「女をひと思いに殺すのは、もったいないな。まだ時間があるから、少し娯《たの》しませてもらおう」

白人男がにやりとして、引き金から指を少しだけ浮かせた。

更級は視線を下げた。目で、ガソリン・ランタンの位置を確かめる。
三、四メートル先にあった。ランタンを蹴倒せば、男たちは一瞬たじろぐだろう。運がよければ、炎が上がるかもしれない。
「おい、服を脱ぎな。素っ裸になるんだっ」
男がS《スミス》＆W《ウエッソン》 M29の銃口を向けながら、悠子に鋭く言った。

「冗談じゃないわ。あんた、何を考えてるのよ！」

「つべこべ言わずに、早く脱ぎやがれっ」

男が声を荒らげ、いきなり発砲した。

銃声が重く尾を曳《ひ》き、銃口炎《マズル・フラッシュ》が教室を明るませた。とっさに悠子は身を沈めていた。弾丸ははるか頭上を抜け、壁に深々と埋まった。明らかに、威嚇射撃だった。

「女には手を出すな」

更級は言った。

男は無言だった。すぐにコルト・パイソンが火を噴く。反射的に更級は、肩から転がった。銃弾は当たらなかった。やはり、威嚇したにすぎないようだ。

しかし、男の目には殺気が生まれていた。銃口が更級の顔面に向けられた。男の指は、トリガーに深く絡《から》みついている。一分《いちぶ》の隙もなかった。迂闊《うかつ》には動けない。

「そんなに裸が見たいんだったら、見せてやるわよ」

悠子が英語で怒鳴り、ジャンプスーツの襟許に手をやった。指がファスナーのつまみに掛かった。

更級は跳ね起きて、悠子を叱った。

「脱ぐんじゃない。脱いだら、おそらく……」

「わたしは平気よ」

悠子がファスナーを一気に引き下げた。ジャンプスーツの下には、チャコールグレイのボディースーツをつけていた。黒いブーツを脱ぐと、彼女は潔《いさぎよ》く全裸になった。日本人の三人が溜息に似た息を洩らした。白人男は口笛を鳴らし、下卑《げび》た笑いを浮かべた。

「これで気が済んだ？　服、着るわよ」

「まだ駄目だ。裸で思いっきり跳《と》んだりはねたりしてみろ」

「わたし、ストリッパーじゃないのよ。そんなこと、できるわけないでしょ！」

悠子が怒った顔でランジェリーを拾い上げようとした。

そのとき、S《スミス》＆W《ウェッソン》 M29が轟音を発した。放たれた弾丸は、悠子の足許の床板を撃ち抜いていた。

「いいかげんにしろ！」

更級は見かねて、白人男を怒鳴りつけた。

すると、返事の代わりに銃弾が飛んできた。それは、更級の肩を掠《かす》めそうになった。際《きわ》どい威嚇射撃だった。

「いいわよ、やるわ」

悠子が意を決したように言った。

すぐに彼女はモダンバレエの踊り手のように、体を躍動的に動かしはじめた。果実を想《おも》わせる乳房が揺れ、腰が捩《よじ》れる。セクシーだった。

白人男は好色そうな目をして、悠子の動きをじっと眺めていた。三人の男たちも、口に生唾を溜《た》めているようだ。

いつまでも悠子に屈辱的なことをさせるわけにはいかない。

更級は、少しずつ日本人のひとりに接近していった。三人とも、悠子の動きに気を取られていた。

白人男が急に悠子を仰向けに横たわらせ、三人のひとりに言った。

「おまえ、女を抱いてやれ」

「あなたは？」

「おれは、もう女には飽きた。おまえに娯《たの》しませてやるよ」

「それじゃ、お言葉に甘えさせてもらいます」

丸顔の男がブロークンな英語で言い、ジーンズとトランクスを手早く脱いだ。

作務衣風の上っぱりとトレーナーは脱がなかった。男の欲望は、早くも猛々《たけだけ》しく昂《たか》まっていた。

白人男が歪《いびつ》な笑みを拡《ひろ》げ、悠子に命じた。

「両膝を立てて、脚を大きく開け」

「変態！　自分じゃレイプもできないくせに、いやらしいことばかり要求して」

悠子が毒づいて、膝を立てた。はざまが剝き出しになった。

下半身だけ裸の男が、悠子の股の間にうずくまった。四つん這《ば》いに近い姿勢だった。

悠子がおとなしく犯されるわけない。彼女は、何か考えているにちがいない。

更級は、あえて制止の声は掛《か》けなかった。

白人男が、丸顔の日本人に言った。

「まずは、舌でたっぷりサービスしてやれ」

「わかりました」

丸顔の男が生真面目に答え、悠子の秘めやかな場所に顔を埋めた。

その瞬間、悠子が男の頭を内腿できつく挟みつけた。そのまま彼女は、男を捻《ひね》り倒した。床板が派手に鳴った。男が呻く。

反撃のチャンスだ。

更級は跳躍した。そばにいる日本人のひとりに組みつき、自分の拳銃を捥《もぎ》取る。男のこめかみに肘《ひじ》打ちを浴びせ、更級は銃口を白人男に向けた。

コルト・パイソンが先に銃口炎《マズル・フラッシュ》を吐いた。

弾《たま》は大きく逸《そ》れていた。更級は片膝を落とし、膝撃ち《ニーリング・ポジション》の姿勢でグロック32の引き金を絞った。

白人男が悲鳴をあげ、体をよろめかせた。

左の太腿が赤い。血だった。

更級は、男の右肩に二弾目をぶち込んだ。男が薙《な》ぎ倒されたように後方に倒れる。

裸の悠子が白人男に駆け寄って、鋭い蹴りを入れた。男の顎が砕けた。コルト・パイソンとＳ《スミス》＆Ｗ《ウェッソン》　Ｍ29が床に落ちた。

悠子がコルト・パイソンに手を伸ばした。しかし、一瞬遅かった。

「動くと、撃つぞ」

悠子のＵＺＩ《ウージー》を持った日本人が、震え声で言った。その左手には、ヘッケラー＆コッホＰ７が握られている。悠子の拳銃だ。

「それなりの覚悟がなきゃ、人なんか撃てるもんじゃないぞ」

更級は、短機関銃《サブマシンガン》と拳銃を持った男の太腿を無造作に撃ち抜いた。鮮血がしぶいた。

男がけたたましい声を放って、尻《しり》から落ちた。サブマシンガンと拳銃が男の手から離れた。

更級は自分の拳銃をホルスターに納め、ＵＺＩとヘッケラー＆コッホＰ７を拾い上げた。

「服を着ちゃうわ」

悠子が手早くランジェリーを身に着けはじめた。彼女を穢《けが》そうとした丸顔の男は首筋を押さえながら、床で唸りつづけている。悠子に強烈な手刀《しゅとう》を叩き込まれたのだろう。

四人の男たちは、誰も起き上がろうとしない。どの顔にも、恐怖の色が濃く浮き立っていた。

更級はUZIとヘッケラー&コッホP7を構えながら、白人の男に近づいた。

立ち止まると、男が無言で首を振った。撃つなという意味だろう。

「チーフ、わたしのハンドガンを」

身繕いを終えた悠子が駆けてきて、右手を差し出した。ヘッケラー&コッホP7を渡す。

悠子が拳銃で脅しながら、三人の日本人を一カ所に集める。男たちは、きわめて従順だった。

「名前から教えてもらおう」

更級は、肩と腿に傷を負った白人男に短機関銃の銃口を向けた。

「アルベルト・フェリーニだよ」

「イタリア人だな?」

「国籍はアメリカだよ。おれは、イタリア系移民の三世なんだ」

「マフィアか?」

「いや、そうじゃない。おれは、ただの美術ブローカーだよ。日本には、ちょっとした買い付けに来たんだ」

「ふざけるな！」

更級はＵＺＩを半自動《ハーフオート》にして、男の体の周《まわ》りに九ミリ弾を七、八発ばらまいた。空薬莢が舞い、硝煙が拡散した。

「本当のことを言うから、もう撃たねえでくれ。おれは、ベレンソンの知り合いなんだ」

「『ダビデ・コーポレーション』のポール・ベレンソンのことか？」

「そうだ。ベレンソンに頼まれて、おれは美術品の真贋《しんがん》鑑定をしてやっただけだよ」

「ベレンソンが誘拐組織のボスだったのか」

「それは違うよ。奴は、裏ビジネスで故買屋をやってるんだ。ベレンソンは、誘拐組織が石丸家からせしめた美術品を買って、アメリカやヨーロッパの画商やコレクターに売りつける気でいるんだよ。奴は金になることなら、何でもやる男だからな」

「奴から、誘拐組織のことも聞いてるはずだ」

「そのことについては、おれは何も聞いちゃいない。本当だって。ただ……」

「ただ、何なんだ？　最後まで言え！」

「大物の娘や孫娘をさらった組織の連中が、ヘリで美術品を取りに来ることになってる」

「ベレンソンが美術品を買うことになってるんじゃないのか？」

「そうなんだが、ほとぼりが冷めるまで誘拐組織が強奪した美術品をしばらく保管しておくことになってるらしいんだ」

「そういうことか」

「くどいようだが、おれは誘拐にも故買にも関わっちゃいない。日本円にして三百万円の鑑定料を貰って、真贋鑑定をしただけなんだよ。これでも一流画廊に十数年勤めてたから、鑑定の目は確かなんだ」

「三人の日本人は、どういう連中なんだ？」

「おれはよく知らねえんだ。でも、ベレンソンの話だと、三人とも何とかって新興宗教の信者だとか言ってたな」

「『救魂教』じゃないのか？」

「ああ、そいつだよ」

「ベレンソンとは長いつき合いなのか？」

「そうでもないよ、まだ三年そこそこだから」

「どういうきっかけで、奴と知り合ったんだ？」

「画廊の金を遣い込んでクビになったとき、故買をやってる知り合いにベレンソンを紹介されたんだよ。そんなことで、奴から何度か真贋鑑定を頼まれたのさ。そのほかのことは何もやっちゃいない」

アルベルト・フェリーニが真剣な表情で訴えた。嘘をついている顔ではなかった。

「ヘリは何時にここに来ることになってる？」

「午前一時だよ」

「そうか」

更級は腕時計を見た。午前零時四十分過ぎだった。

白人男が顔を歪《ゆが》めて、目をつぶった。銃創の痛みが強まったらしい。この男を人質に取って、ヘリコプターに乗り込むことは難しそうだ。

「おまえがヘリに美術品を積み込むんだ。いいな！」

更級は振り返って、丸顔の男に言った。

男が深くうなずく。いつの間にか、ジーンズを穿《は》いていた。

「ほかの二人には、しばらく横になってもらえ」

更級は悠子に指示した。

悠子が二人の日本人の鳩尾《みぞおち》に強烈な正拳《せいけん》突きを見舞った。二人が唸って、うずくまった。悠子が屈《かが》み込んで、二挺のリボルバーから実包を抜き取った。それを、ポケットに収めた。

「なんて名だ？」

更級は、丸顔の男に訊いた。

「中村です」

「『救魂教』の信者だな？」

「ええ、そうです」

「渥美に命じられて、石丸邸に行ったのか？」

「いいえ、事務局長の須藤《すどう》さんに言われたんです。でも、多分、須藤さんは教祖さまの指示をぼくらに伝えたんだと思います」

「おまえは日吉の本部にいるのか？」

「いいえ、ぼくは小田原支部で寝泊まりしてるんです。本部には月に一度行くだけです」

「石丸麻紀たち五人は、教団のどこかの支部に監禁されてるんじゃないのか」

「ぼくらは何も知らないんです」

「信じてやろう。トラックの美術品は、すぐに運び出せるようになってるんだな？」

「はい。すぐに荷台から降ろせるようになっています」

「そうか。なら、外に出よう」

更級は、中村という若い男を先に歩かせた。

そのとき、白人の男が救いを求めてきた。何度も、救急車を呼んでくれと繰り返した。それを無視して、更級は悠子に言った。

「ランタンの火を消しといてくれ」

「わかりました」

「先に表に出てるぞ。後から、すぐに来てくれ」

更級は悠子に言って、中村と教室を出た。

二人が渡り廊下に達したとき、後ろから悠子が追ってきた。三人は校庭に出ると、まっすぐコンテナトラックをめざした。

更級は中村に命じた。

「トラックをグラウンドの真ん中に移動させて、ヘッドライトはそのまま点けておけ」

「はい、わかりました」

中村が命令通りに動いた。トラックの運転席から丸顔の男が降りてくると、今度は荷台の扉を開けさせた。

きちんと梱包された美術品が十四、五点あった。そのうちの半数は絵画だった。

午前一時を数分過ぎたころ、遠くからヘリコプターのローター音が響いてきた。

中村をヘッドライトの光の中に立たせ、更級は悠子とコンテナトラックの陰に身を潜めた。少し経つと、ヘリコプターの赤い航空灯が見えてきた。

中村が手を大きく振った。

やがて、ヘリコプターが校庭に舞い降りた。アメリカ製のシコルスキーS型機だった。

着陸しても、ローターは回転しつづけている。いつでも飛び立てるようにしているのだろう。土埃が濛々《もうもう》と立っている。中村の姿が次第に霞みはじめた。

「ヘリから最初に降りてくる奴がこっちに来たら、すぐに押さえよう」

「そいつを楯《たて》にして、ヘリに乗り込むのね？」

「そうだ」

二人は息を詰めて、チャンスを待った。

機のスライドドアが開き、二人の男が降り立った。どちらも日本人と思われる。

ただ、年恰好や顔は判然としない。パイロットは、操縦席に坐ったままだった。

二人の男が数メートル歩いたとき、中村が不意にヘリコプターに向かって走りだした。

男たちが立ち止まって、中村に何か大声で訊いた。中村が怒鳴り返す。凄まじいローター音に掻き消されて、彼らの遣り取りはまったく聞こえなかった。

二人の男が慌《あわ》てて機内に駆け戻った。

中村がドアフレームに手を掛けて、懸命にヘリコプターの中に入ろうとしている。

男のひとりが中村を蹴落とし、彼の胸に拳銃弾を二発撃ち込んだ。

中村は仰向けに倒れたまま、まったく動かない。アメリカ製のヘリコプターが急上昇した。

「奴らを逃がすな」

更級は悠子に言って、コンテナトラックの陰から躍り出た。悠子がすぐにつづいた。

更級は駆けながら、UZI《ウージー》を唸らせた。

悠子もヘッケラー&コッホP7を吼《ほ》えさせた。すると、ヘリコプターから自動小銃の銃弾が降ってきた。銃声は、ロックンロールのようにリズミカルだった。M16A1《ワン》だろう。

赤みを帯びた弾丸が切れ目なく襲いかかってくる。このままでは、二人とも蜂の巣にされてしまう。

更級は地べたに仰向けになって、短機関銃のレバーを全自動《フルオート》にした。引き金を強く絞る。低周波に似た唸りが響きはじめた。わずか五、六秒で、マガジンは空になった。

「予備のマガジンを投げてくれ」

「はい」

悠子が、三十二発入りの弾倉を滑らせてきた。更級はグリップの下部から空になった弾倉を抜き、新しいマガジンを挿入した。

ヘリコプターは校庭の上を旋回しながら、ライフル弾を放ってくる。悠子が拳銃弾を返すが、なかなか命中しない。

ふたたび更級は、UZIを唸らせはじめた。

九ミリ弾が矢のように走り、空薬莢が更級の腹の横に舞い落ちる。数秒後、ヘリコプターの腹のあたりから橙色《だいだいいろ》の火が上がった。それは、すぐに赤い炎に変わった。

更級はフルオートで撃ちまくった。

弾倉が空になったとき、急にヘリコプターが失速した。

すぐに機体が大きく傾いた。火の塊《かたまり》となったヘリコプターは校舎の真上で、爆発音を響かせた。

赤い塊は爆《は》ぜながら、屋根を突き破って校舎の中に落ちた。ちょうどアルベルト・フェリーニたちのいる教室だった。

すぐに炎が燃え拡《ひろ》がりはじめた。動く人影はない。

更級は起き上がった。

「おれたちは、ひとまず引き揚げよう」

「警察や消防署の連中が来たら、厄介だものね」

「そうだな。急ごう」

二人は走りだした。

後ろで、また小さな爆発音がした。ガソリン・ランタンが破裂したのだろう。

2

柱一本さえ残っていない。

廃校の木造校舎は、跡形もなく焼け落ちていた。ヘリコプターの残骸がアップで映し出された。なぜか、コンテナトラックは校庭から消えていた。

更級は大型テレビの画面から目を離さなかった。

しかし、肝心の手がかりは何も得られなかった。『牙』本部の地下室である。

更級は、大型無線機の前にいる悠子に目を向けた。

悠子はレシーバーを耳に当てて、熱心に警察無線を傍受している。更級の視線には気づかなかった。任務に集中しているのだろう。

更級は煙草をくわえて、ふたたび画面に目をやった。

「校庭には、自動小銃や短機関銃などの薬莢が散乱しています。校舎内に男性六人の焼死体とグラウンドに男の射殺死体があったことから、ヘリコプターは銃撃戦の末に墜落した模様です。亡くなられた方々の身許は、まだわかっていません。それにしても、目を覆いたくなるような惨状です」

現場中継の男性アナウンサーは、さきほどと同じ報告を繰り返しただけだった。

更級はテレビの電源を切った。短くなったマールボロをスタンド型の灰皿の中に捨て、椅子から立ち上がった。

そのとき、悠子がスツールごと体を捻った。レシーバーを外しながら、彼女が言った。

「チーフ、ヘリの所有者がわかりました」

「誰のヘリだったんだ？」

「総会屋の元締めといわれてる丹下荘太郎《たんげそうたろう》の物です。といっても、ヘリの名義は丹下の主宰してる丹下経済研究所になっていますけど」

「総会屋の大物も一枚嚙んでたのか。というよりも、奴が極光産業や救魂教を動かしてたんだろう」

「ええ、わたしもそう思います」

「そのほか何か新しい情報は？」

「チーフ、ちょっと待ってください」

悠子が緊迫した顔で言い、大急ぎでレシーバーを耳に当てた。

更級は腕組みをして、その場にたたずんだ。少し待つと、悠子がレシーバーを外した。

「松浦元首相の娘の美晴《みはる》と横内副総理の孫娘いづみの二人が、それぞれ都内で保護されました」

「そうか。人質が二人解放されたんなら、敵のアジトは間もなくわかるだろう」

「それは期待できそうもありません。美晴といづみの二人、どうも様子がおかしいらしいんですよ」

「おかしいって？」

「警官に保護されたとき、二人とも自分の名前や自宅の住所も答えられなかったようなんです」

「なんだって⁉」

　更級は、思わず腕組みを解いていた。石丸麻紀と同じように、二人ともショックで記憶を失ってしまったのか。それとも、敵に何かされたのだろうか。

「チーフ、敵は人質の思考力や記憶力を著《いちじる》しくダウンさせるような特殊な錠剤か何かを無理に美晴たちに服《の》ませたんではないでしょうか？」

「なにやらスパイ小説じみた話になってきたが、そういうことも考えられるな。アメリカの科学雑誌で読んだんだが、遺伝子を変質させることによって、記憶力、知覚、習得能力なんかを強化させることは理論的には可能らしいんだよ。その逆のことは、もっと簡単にできるだろう」

「ええ。わたしは、敵が何らかの方法で美晴やいづみの精神を破壊したんだと思います。だけど、敵も抜けてますね。そんなことをしたら、ほかの三人の家族から身代金をせしめることができなくなるかもしれないのに」

「きっと敵は、何か切札を持ってるにちがいない」

「そうなんですかね。何か事情があって、森、古川、石丸の三家から身代金を奪うことを諦《あきら》めたんではないですか？」

「いや、おれはそうは思わない。松浦や横内が仮にかなりの額の身代金を支払ったとしても、二人とも大富豪というわけじゃない。政治家が出せる金額には、限度があるだろう」

「それは、そうでしょうね。日本の政治って、ものすごくお金がかかるようですから」

「奴ら、つまり敵の本命は西急コンツェルンの石丸だろうな。現に、時価数百億円にものぼる美術品を奪おうとしたじゃないか」

「ええ。森、古川の両家はともかく、石丸家の身代金を諦めるはずないですね」

「だろうな」

「そういえば、きのうのコンテナトラックはどうしたんでしょう？」

「おそらく警察が押収したんだろう」

「美術品をせしめ損なった敵は、腹いせに石丸麻紀を殺すんではありませんか？」

「殺しはしないと思うよ。最も価値のある人質だからな。しかし、腹いせに麻紀の耳かどこかを削《そ》ぎ落とすぐらいのことはするかもしれない」

「そうされる前に、なんとか人質を救出しなければ。わたし、人質は『救魂教』の支部のどこかにいると思ってるんです」

「おれもそう推測してるんだが、監禁場所がはっきりしないんじゃ、動くに動けないからな」

「この前も言いましたけど、わたし、入信希望者を装って教団の本部に潜り込んでみますよ。芳賀さんが仕掛けてくれた無人録音テープだけじゃ、なかなか監禁場所は摑めないと思うんです」

悠子が言った。

「そうだろうな。それじゃ、ジュリアンを教団本部に潜入させよう」

「わたしでは、まずいんですか？」

「あの教団の信者は二十一、二歳の男女が圧倒的に多いらしいから、ジュリアンのほうが適役だろう」

「わたしだって、少しメイクを工夫すれば、三つ四つは若く見えると思いますけど」

「しかし、色気や落ち着きは隠せない。断っておくが、これは一種の誉《ほ》め言葉だぞ」

「そう受け取ることにするわ。それじゃ、その役はジュリアンに譲ることにします」

「一両日中に、ジュリアンを教団本部に潜り込ませるつもりだ」

更級はそう言って、悠子のそばから離れた。

隣のコンピューター室に入ると、奥から木下が走り寄ってきた。情報収集班のチーフだ。ボストン型のセルフレームの眼鏡が似合っている。

向き合うと、木下が口を開いた。

「アルベルトは観光ビザで、およそ十日前に入国してますね。二挺のリボルバーは、おそらく国内でベレンソンに渡されたんでしょう」

「ベレンソンのことも調べてくれたか？」

「ええ、調べました。しかし、ベレンソンが美術品の故買屋であるかどうかははっきりしません」

「それは残念だな」

「申し訳ありません。その代わりといってはなんですが、意外なことがわかりましたよ。ベレンソンはユダヤ系のアメリカ人なんですが、イスラエルの諜報機関モサドと繋がってる可能性があるんです」

「ＣＩＡに匹敵するとまでいわれてるモサドとか……」

「ええ。といいますのは、ベレンソンの五つ違いの兄ヤコブがモサドの優秀な工作員だったんですよ」

「そのヤコブは、イスラエル国籍なんだな？」

「そうです。ヤコブは母親とともに、一九七〇年代にイスラエルに移住してるんです。ヤコブは大変なシオニズム信奉者でしてね」

「それで、モサドと関わりができたんだな？」

更級は確かめた。

「そうなんです。一九八二年の六月に、イスラエル軍がＰＬＯのゲリラ一掃のためにレバノンに侵攻しましたでしょ？」

「ああ。イスラエル軍がＰＬＯを蹴散らして、首都ベイルートを占領したんだったよな？」

「そうです、そうです。そのとき、南部レバノンに潜入してテロ活動をしてたＰＬＯのゲリラたちの隠れ家を次々に突き止めたのがベレンソンの兄貴だったんですよ」

「そのヤコブって男は、凄腕のエージェントだったようだな」

「ええ。しかし、ヤコブはそれから間もなく、ＰＬＯのコマンド隊員に殺されてしまったんです。それはともかく、兄の影響でベレンソンもモサドの協力者になった可能性もあると思います」

「そうだな」

「ベレンソンの役回りがまだはっきりしませんが、何か政治的な臭《にお》いがしませんか？」

木下が問いかけてきた。

「しかし、イスラエルの諜報機関が日本の政財界の大物たちの娘や孫を誘拐するというのは、ちょっと考えにくいな。フィリピンあたりの共産ゲリラが五人の女を拉致したというのなら、わからないでもないが」

「いいえ、そういう意味じゃないんですよ。ベレンソンは誘拐組織のメンバーではないと思いますが、何か政治的な意図《いと》があって、京和製薬附属生物工学研究所と深い関わりを持ってるんじゃないでしょうか？　その秘密を峰岸氏が暴《あば》こうとしたので、ベレンソンは誰かを使って彼を拉致させたのではないかと思うんです」

「話がかなり飛躍してるようだが、きみはベレンソンが研究所の誰かに生物化学兵器《バイオロジカル・ケミカル・ウエポン》を作らせてるとでも……」

「ええ、その通りです。確証めいたものがあるわけではありませんが、どうもそんな気がしてならないんですよ。その気になれば、生物を死滅させる生物化学兵器《BC》はいくらでも作れます。呼気感染で死に追い込めるウイルスだってありますからね」

「それについては、おれにも多少の知識はあるよ」

「すみません、つい喋りすぎてしまって」

「いや、いいんだ。それより、なぜベレンソンが生物工学研究所にＢＣ兵器を作らせてるのではないかと思ったのかな。それを説明してくれないか」

更級は促《うなが》した。木下が即座に口を開いた。

「イスラエル人とパレスチナ人の長い戦争は終わりそうで、なかなか終わりませんよね？」

「民族や領土絡《がら》みの争いは根が深いからな。それに、宗教問題が横たわってる」

「ええ、そうですね。ここに来て、また新たな火種が増えました。旧ソ連にいたユダヤ人たちの大量移住です。イスラエルに結集しようというのはいいんですが、本国に収容しきれない状態で、彼らがパレスチナ人地区に住みつきました」

「そうだな」

「先住者との間に摩擦《まさつ》が起こるのは当然です。現にパレスチナ人が地下組織を作って、いまも駐留しているイスラエル軍に牙を剝《む》いてます。そこで、ベレンソンはＢＣ兵器の使用を思いついたんではないでしょうか？」

「木下君、ちょっと待ってくれ。いまやイスラエルは中国やブラジルとともに、大変な武器輸出国だぞ。当然、生物化学兵器《BC》の研究や開発はやってると思うがな」

「ええ、それはやってるでしょうね。しかし、自国のＢＣ兵器を使ってパレスチナ人を痛めつけたりしたら、世界から悪いイメージを持たれてしまいます」

「だろうがな」

更級は短く応じた。木下の論法には無理があるような気がしたが、あえて何も言わなかった。

「イスラエルはアメリカの中東和平工作を受け入れましたが、まだパレスチナ人を信用してはいません。そんな思惑があって、自国ではBC兵器は製造していないということを世界中の人たちに印象づけるため、わざわざ日本の民間の生物工学研究所に……」

「きみの推理にケチをつけるわけじゃないが、イスラエルがそれほど危険なことをするだろうか。それに、PLOの十幾つかの傘下組織はイラクやシリアなどに支援されてるといっても、思惑や利害が複雑に絡み合ってる。だから、必ずしも足並は揃ってない」

「そうですね」

「一応、それぞれがパレスチナ人の権利を声高《こわだか》に叫んでるが、イスラム過激派以外の組織はどこも本気でイスラエルと刺し違える気でいるとは思えないな」

「そう言われると……」

「敵の力が弱まってるのに、わざわざBC兵器なんか使うかな。おれには、疑問に思えるね」

更級は言った。木下は黙ったままだった。

「もしベレンソンが生物工学研究所の誰かにBC兵器を作らせてるとしたら、それはイスラエル以外の国のためなんじゃないだろうか。つまり、ベレンソンはBC兵器のブローカーってことになるな」

「ブローカーですか」

「ああ。核戦争にエスカレートしたら、人類は滅亡しかねない」

「ええ」

「しかし、いまも北朝鮮はミサイルを飛ばしてるよな。それから、世界で大小三十以上の局地戦争や民族紛争がつづいてる」

「確かに局地戦争や民族紛争はなくなりませんよね」

「そうだな。いまだに武力抗争がつづいてる国々は、シリア、アフガニスタン、レバノン、エルサルバドルと幾つも挙げられる。パレスチナ紛争なんか、もう五十年以上もつづいてるよな」

「そうですね。局地戦争や地域紛争には、確かにBC兵器が使われてます。だいぶ古い話になりますが、旧ソ連がアフガン・ゲリラに対して新型の生物化学兵器を使用しました」

「あれは、麦にできる黴《かび》の菌毒を使ったやつだったんじゃなかったっけ？」

「ええ、そうです。トライコセシン・マイコトキンとかいう菌毒ですよ」

「さすがは情報収集班のチーフだな」

「いやあ」

木下が頭に手をやって、すぐに言葉を重ねた。

「BC兵器の開発と貯蔵を先進国はどこも自粛してますが、どの国も密かに研究を重ねてると思います。しかし、おおっぴらに使ったり、他国に輸出することは難しいでしょう。そこで、ベレンソンは京和製薬附属生物工学研究所に目をつけたのかもしれませんよ」

「失踪した峰岸が内部告発したがってたことが事実だとすれば、ベレンソンが研究所の誰かにBC兵器を作らせていたのではないかという疑いもゼロではないな」

「ええ。考えてみれば、モサドが関与してるという推測はちょっと現実性がなかったかもしれません。更級さんがおっしゃったように、おそらくベレンソンは一ブローカーとしてBC兵器を扱ってるんでしょう。販売先は少なくないでしょうから、いい商売になるはずです」

「政情不安定な国なら、政府側にしろ、反政府勢力にしろ、BC兵器を欲しがる人間がいるだろう」

「と思います。それに大型兵器と違って、BC兵器は輸出入の際に目につきにくいでしょ？　食料品、薬品、化粧品などに紛《まぎ》れ込ませることが可能ですんで」

「そうだな」

「それはそうと、BC兵器の密造者のことですが、単独じゃなく、複数なんでしょうね？」

「当然、グループで密造してるんだろう。しかし、意外に人数は少ないんじゃないだろうか。せいぜい五、六人といったグループだと思うんだ」

「そうかもしれませんね。それで、誰か思い当たる人物は？」

「おれは、今泉所長と久我という若い研究者がどうも気になるんだよ。これといった根拠は何もないんだが」

　更級は言った。

「密造に手を染める動機は、金でしょうか？」

「おそらく、そうだろうな。今泉は株に興味がありそうだったから、ひょっとしたら、大きな損失をこしらえてしまったのかもしれない。困り果てているときに、ベレンソンが巧みにBC兵器の密造の話を持ちかけてきた……」

「ええ、考えられると思います」

「木下君、一度、今泉所長の資産や借金の有無《うむ》を調べてみてくれないか？」

「わかりました。ベレンソンの件は、いわば枝葉の部分ですよね。一連の誘拐事件に、彼は故買屋として関わってますが」

「うん、そうだな。枝葉に隠されて、幹の部分がなかなか見えてこない。しかし、枝葉を切り落としていけば、いつか必ず幹が見えてくるだろう。もう少し待っててくれよ」

　更級は木下の肩を軽く叩いて、悠子のいる場所に戻った。

　悠子は煙草を喫いながら、警察無線の傍受をつづけていた。更級が立ち止まると、悠子が振り向いた。すぐに彼女はレシーバーを外した。

「その後、何か新しい動きは？」

「別に何もありません」

「そうか。それじゃ、応接間に行こう。そろそろメンバーが揃ってる時刻だ」

「わかりました」

　悠子が煙草の火を消し、スツールから腰を上げた。山葵《わさび》色のスーツが似合っている。

　二人は地下室を出て、応接間に急いだ。これから、第二回目の作戦会議が開かれることになっていた。

　応接間に入る。ボスの植草、野尻、芳賀、ジュリアンの四人が何やら話し込んでいた。更級は悠子と並んで腰かけ、これまでの経過と推測を語った。

　語り終えると、植草が更級に話しかけてきた。

「誘拐組織の黒幕は、総会屋の元締めの丹下荘太郎なんやろか？」

「わたしは、丹下の後ろで糸を引いてる人物がいると睨《にら》んでます。まだ影も形も現わしてはいませんが」

「丹下っちゅう男は悪い奴やで。表面は政財界人の用心棒を装ってるけど、その実、裏で若い者たちに恩のある連中のスキャンダルを探させて脅しをかけさせてるねん」

「一種のマッチ・ポンプ屋ですね」

「そうやな。それで自分が何喰わぬ顔でフィクサー役を演じてるんやから、大悪党や。けど、丹下はビッグボスの器《うつわ》やない」

「ボス、丹下と親交の深い超大物たちの名をご存じですか？」

「何人かおることはおるな。右翼の理論家として知られとる土岐政玄《ときせいげん》、かつて政界の怪物と呼ばれた山中兵衛《やまなかひょうえ》、それから新聞社やテレビ局を経営しとるマスコミ界の帝王、稲村恭之進《いなむらきょうのしん》なんかにはかわいがられとったようや。もっとも山中が政界を引退したとたん、遠ざかったいう噂やけどな」

「となると、土岐政玄か稲村恭之進が黒幕ということになるのでしょうか？」

「いや、二人とも考え方が頑固やけど、丹下ごとき悪党に振り回される御仁《ごじん》やないわ。誰かが丹下を操っとるとしたら、別の人物とちゃうかな」

　植草が言い終わると、野尻がもどかしげに言った。

「チーフ、早いとこ勝負をつけちまおうよ。おれ、苛々《いらいら》してるんだ。大和田でも、久我でもいいから、痛めつけてやろうや」

「そんなことをしたら、三人の人質は殺されることになる。もう少しチャンスを待つんだ。とりあえず、おまえは大和田の動きを追ってくれ」

　更級は命じた。

　野尻は幾分、不満げだった。しかし、命令に逆《さか》らわなかった。更級は、芳賀に顔を向けた。

「きみは、久我晃一をマークしてくれ」

「はい」

「ジュリアンには、『救魂教』の本部に潜入してもらう」

　更級は、吉永克也に潜入の仕方を指示した。

「あたし、女装で潜り込むわ。あたしの色気で、渥美を骨抜きにしてやる。それで、あいつの空中浮揚や人体透視術のトリックを見破ってやるわ」

「ジュリアン、何か勘違いしてるんじゃないのか？　おまえの任務は、三人の人質がどこにいるのかを探《さぐ》ることなんだぞ」

「ご心配なく。任務は、ちゃんと心得てるわ。トリックを暴《あば》くのは、ほんの余興よ」

　ジュリアンは言って、妙なしなをつくった。

　きょうは完璧な女装だった。化粧も濃い。尖《とが》った喉仏は、エスニック調のスカーフで巧みに隠されている。

「そうだ、ジュリアン。できたら、渥美の指紋《モン》を手に入れたいんだ」

「指紋？」

「ああ。渥美には、前科がありそうだ。教祖の正体がわかれば、背後の繋がりが摑めるからな」

「それじゃ、指紋の付いたコップでも手に入れるわ」

「そうしてくれないか」

更級はジュリアンに言って、すぐに悠子に告げた。

「きみは、生物工学研究所の今泉所長に接近してみてくれ」

「どんな男なんですか？」

「ロマンスグレイで、割にいい男だよ」

「それじゃ、ジュリアンじゃないけど、わたしも色仕掛けで迫ろうかしら？」

「好きなようにしてくれ。おれは今夜から、ベレンソン、黒沼、折戸房江に代わる代わる張りつくつもりだ」

更級はポケットの煙草を探《さぐ》った。

3

だいぶ車の数が少なくなった。

もう深夜だった。更級は車に乗ったまま、ベレンソンの黒いロールスロイスに目を向けていた。霞が関ビルの駐車場である。車内の空気が濁っていた。

更級は、パワーウインドーを下げた。

そのとき、白いカローラが走路の端に見えた。ステアリングを握っているのは黒人の男だった。

まだ若い。せいぜい二十三、四歳だろう。

カローラは、ロールスロイスの斜め前に停まった。黒い肌の青年はすぐにヘッドライトを消したが、なぜだか車から降りようとしない。

誰かを迎えに来たのだろう。

更級は、スカイラインのパワーウインドーを閉めた。

数秒後、特殊スマートフォンが鳴った。発信者はジュリアンだった。

「うまく日吉の本部に潜り込むことができたわ」

「そいつは上出来だ。この電話、どこからかけてるんだ?」

「本部の近くよ。あたし、生理用品を買うって嘘ついて、教団本部を抜け出してきちゃったの。うふふ」

「オカマが生理用品か」

更級は吹き出してしまった。

「露骨に笑わないで。生理こそないけど、あたし、身も心も女のつもりなんだから」

「悪かった。ちょっと無神経だったよな」

「いいのよ、気にしないで。それより、きょうから五日間、泊まり込みで研修を受けることになったの」

「研修？　まるで新入社員か何かみたいだな」

「ほんとね。とにかく、その研修みたいのを受けないと、正式には入信できないらしいのよ」

「そうなのか。で、内部は探《さぐ》ってみたのか？」

「ええ、ひと通りね。だけど、人質がどこかに監禁されてるような気配はうかがえなかったわ。チーフが言ってたように、どこかの支部に閉じ込められてるんじゃない？」

「それがどこなのか、うまく探り出してくれないか」

「了解！」

「渥美は現在、本部にいるんだな？」

「ええ、いるわ。でも、まだ近づくことができないのよ。だって、渥美は殿様みたいに一段高くなった場所にいるんだもの。それに渥美のそばに、折戸房江と事務局長の須藤がいっつもへばりついてるのよ」

「無理はしなくていい」

「うん。どうも折戸房江が仕切ってる感じね。それから、彼女と渥美の間には愛情関係なんかない雰囲気よ。何か理由があって、内縁の夫婦を装ってるんじゃないのかな？」

「そうなのかもしれない。二人の会話にも、注意を払ってみてくれ」

「オーケー」

「ジュリアン、もう教団本部に戻ったほうがいいな。帰りがあまり遅いと、敵に怪しまれるから」

「そうね。それじゃ、また連絡するわ」

電話が切れた。

更級は特殊スマートフォンを所定のポケットに収め、シートを一段後ろに倒した。ヘッドレストに頭を凭《もた》せかけたとき、ふたたび特殊スマートフォンの着信音が響きはじめた。

今度は、野尻からの報告だった。

「いま、大和田と黒沼が一緒にベンツに乗り込んだぜ。奴ら、丹下にでも会いに行くんじゃねえかな」

「そのベンツを尾行してみてくれ」

更級は先に電話を切った。

そのすぐ後だった。エレベーターホールの方から、誰かが歩いてきた。ベレンソンだった。連れはいなかった。

更級はシートの背凭れを起こして、腕時計を見た。

あと数分で、午前零時になる。張り込んでから、すでに六時間が経過していた。

ベレンソンが平べったい革の書類入れとコートを助手席に投げ込み、ロールスロイスの運転席に腰を沈めた。

そのとき、黒人青年が慌《あわ》ただしく車を降りた。

銃身の長い自動拳銃を手にしていた。オートマグ・ピストルだ。

作動不良を起こしやすい拳銃だった。もうだいぶ前に生産は中止されている。

あの黒人は何者なのか。更級は自動拳銃を引き抜き、静かに車の外に出た。

「ベレンソン、車から出て来い！」

黒人青年が走路のほぼ真ん中に立ち、訛《なまり》のある英語で叫んだ。

大男だった。二メートルは優にある。引き締まった体を青っぽいスーツで包んでいた。ベレンソンが狼狽し、車のドアを閉めた。すぐにエンジンが唸りはじめた。

「出て来ないと、ここで撃ち殺すぞ」

黒人の大男がオートマグ・ピストルを構えた。両手保持の姿勢だった。

ロールスロイスが急発進した。

黒人男が横に跳んで、すぐに発砲した。乾いた銃声がこだまし、硝煙がゆっくり拡散する。

銃弾はロールスロイスには当たらなかった。はるか後方のコンクリート壁に小さな穴を開けただけだった。

ベレンソンは車を停止させなかった。

肌の黒い青年が何か叫びながら、ロールスロイスのミラーにしがみつこうとした。だが、その手は空気を摑んだだけだった。車体に弾き飛ばされ、青年は走路に転がった。

ロールスロイスは、そのまま走り去った。

更級は黒人青年に駆け寄った。青年は走路に倒れたまま、低く呻いていた。どこかを傷《いた》めたらしい。オートマグ・ピストルは、青年のそばに落ちていた。

それを拾い上げて、更級は自分のグロック32をホルスターに戻した。そのとき、数人の男たちが駆けてくる姿が見えた。

更級は素早くオートマグ・ピストルをベルトの下に差し入れ、足許に転がっている薬莢を遠くに蹴った。手で硝煙を払う。

「いま、銃声が聞こえませんでした？」

走り寄ってきた男たちのひとりが、更級に声をかけてきた。

「さっきのは、車のバックファイヤーの音ですよ」

「でも、この方が……」

　相手が黒人青年に視線を向けた。

「ああ、彼は車にぶつかりそうになっただけです。こっちの連れですから、どうかご心配なく」

「そうですか」

　男たちが遠ざかっていった。

「おい、立てるか？」

　更級は、黒人の大男に英語で訊いた。男が肘《ひじ》を使って、ゆっくりと上半身を起こした。

「あなたは？」

「通りすがりの者だよ。どんな理由《わけ》があって、ベレンソンを狙ったんだ？」

「なんで、奴の名を知ってるんです？　あんたは何者なんだ⁉」

「素姓《すじょう》を明かすわけにはいかないが、きみの敵じゃないと思うよ」

　更級はそう言って、ベルトの下からオートマグ・ピストルを抜いた。黒人青年が弾かれたように立ち上がった。

「そいつを返してくれ」

「ベレンソンを襲った理由を話してくれれば、すぐに返してやる」

「あんたは警察の人間なのか？」

「いや、ちがう。だから、安心して喋ってくれないか」

「わたしは、南アフリカから来ました」

「かなり昔に人種隔離政策《アパルトヘイト》がなくなって、世界中から祝福された国だな」

「ええ、そうです。マンデラの時代になって、社会は少し明るくなりました。しかし、黒人はいまも差別されています。わたしの国は、アフリカーナーと呼ばれてるオランダ系白人やイギリス系白人たち約五百万人が政治、経済、社会を支配してるんです。われわれ黒い肌を持つアフリカ人二千六百万人、混血人種《カラード》二百九十万人、インド人などアジア人が九十万人もいるというのに、奴ら白人は……」

「悪いが、きみとここで社会科のお勉強をする気はない。おれが知りたいのは、ベレンソンを狙った理由だけだ」

「あの男が、わたしの同胞たちを苦しめたからです」

　黒人青年が憎々しげに言った。

「どういうことなんだ？」

「ベレンソンは、故大統領の門下生たちの暗殺を企ててる狂信的なボーア系白人団体のテロリストどもに生物化学兵器を売りつけてるんです」

「具体的には、どういった種類のＢＣ兵器を売りつけてるんだ？」

「わたしが知ってるのは、アフラトキンB_1という強い発癌性のある黴毒《ばいどく》をたっぷり含んだ食品兵器です。人種差別政策を復活させたがってるアフリカーナーどもが、その恐ろしい生物化学兵器《バイオロジカル・ケミカル・ウエポン》を黒人居住区にばらまいたんですよ。そのせいで、多くの人たちが肝臓癌に罹《かか》って苦しんでるんです」

「きみは何者なんだ？」

更級は訊いた。

「わたしは黒人居住区ソウェトに住む平凡な鉱山労働者です。極左グループのメンバーではありません」

「新政権になって、だいぶ黒人差別はなくなったはずだが……」

「ええ、表向きはね。しかし、本質的なものは昔と少しも変わっていません。結局、彼ら一部の白人は、われわれのことを人間と思ってないんですよ」

黒人青年はそう言い、哀しげな顔で何か呟いた。ズールー語らしかった。

「ベレンソンがBC兵器のブローカーだってことは、どうしてわかったんだ？」

「極右アフリカーナーの幹部を痛めつけて、吐かせたんですよ。ベレンソンはケープタウンにテナントビルを持ってるとかで、年に何度か南アを訪れてるそうなんです。そのときに、BC兵器を持ってきてもらったという話でした」

「きみが痛めつけた狂信的な白人は、BC兵器の製造元については何か喋らなかったのか?」

「日本のどこかで製造されてるらしいということ以外は、その男は知らないようでした。だから、わたしはベレンソンを脅して、その製造先を突き止める気だったんです。そして、そのあとベレンソンを撃ち殺してやるつもりだったんですけど」

「その二つは、おれが引き受けよう。きみは南アに戻ったほうがいいな」

「そうはいきません。わたしは多くの協力者のカンパで旅費を工面したんです。拳銃だって仲間が苦労して、やっと手に入れてくれたんですよ。せめてベレンソンだけでも始末しなければ、とても帰れません」

「このオートマグは、どうやって日本に持ち込んだんだ?」

「拳銃を分解して、部品をばらばらにビデオカメラや髭剃り器《シェーバー》の中に紛れ込ませたんですよ」

「なるほど、その手を使ったのか。しかし、この銃はよく作動不良を起こすんだよ。それに、きみの腕じゃ、ベレンソンはとてもシュートできないだろう。悪いことは言わない、すぐに南アに帰れ」

　更級はオートマグ・ピストルから、六発の実包を抜き取った。それをポケットに落とし込み、拳銃だけを黒人青年に返した。

　次の瞬間、青年が右腕を大きく泳がせた。

更級は左手でパンチを払い、相手にボディーブロウを打ち込んだ。黒い青年が呻いて、身を折った。

すかさず更級はアッパーカットを放った。相手が走路に引っくり返った。オートマグ・ピストルは数メートル先に転がっていた。

「どういうつもりなんだっ」

「このままでは南アに帰れません。だから、あなたを殴り倒して、拳銃の弾を奪い返そうとしたんです」

「きみも強情な奴だな。勝手にしろ」

更級はポケットから六つの実包を抓《つま》み出し、それを男のそばに落とした。

「ありがとうございます」

「おれの邪魔をしたら、容赦なく撃ち殺すぞ。それを忘れるな」

更級は言い捨て、自分の車に駆け寄った。後ろで黒人青年が実包を拾う気配がしたが、それをオートマグ・ピストルの弾倉に込める音はしなかった。

ベレンソンがBC兵器のブローカーを裏ビジネスにしていることは、ほぼ間違いないようだ。BC兵器ブローカーを痛めつけて、製造元を吐かせるか。ベレンソンの自宅に行ってみる気になった。

更級は、スカイラインを穏《おだ》やかに発進させた。

走路に立った黒人青年が軽く片手を挙げた。友好的な表情だった。更級は目でうなずき、ステアリングを大きく切った。

ベレンソンは、港区南麻布の高級マンションに住んでいる。霞が関からは車で十分ほどの距離だ。

やがて、目的の『南麻布ロイヤルパレス』の白い外壁が見えてきた。

アップライト照明が、建物の立体感を際立たせている。全室賃貸だが、家賃百万円以下の部屋はひとつもない。入居者の大半は外国人だった。

更級は建物の前に車を停め、七〇八号室を見上げた。カーテンの向こうは、明るかった。

ベレンソンが部屋にいることは間違いない。彼は独身だった。

どうやって部屋に押し入るかが問題だ。こういう高級マンションは、管理が厳しい。

何か妙案はないものか。

更級は一服しながら、考えてみた。だが、名案は閃かなかった。

少し経つと、フランス大使館の方向から見覚えのある青いアウディが走ってきた。

更級は目を凝らした。ドライバーは久我晃一だった。

久我の車は、『南麻布ロイヤルパレス』の駐車場に吸い込まれていった。

馴れた潜り方だった。久我が、このマンションにたびたび来ていることは間違いなさそうだ。

久我を尾行してきた芳賀のクラウンが、斜め前の路上に駐まった。

更級の車とは、向き合う形だった。芳賀がクラウンから降りようとした。更級はそれを手で制して、急いで外に出た。クラウンに駆け寄って、助手席に乗り込んだ。

「久我は研究所から、まっすぐここに？」

「いいえ、ちがいます。いったん研究所の近くにあるマンションに立ち寄ってから、こっちに来たんですよ」

「マンション？」

「多分、マンションのあの部屋は密造したBC兵器の保管場所だと思います。人が寝泊まりしてる様子はありませんでしたので」

「部屋のプレートを見たか？」

「はい。今泉という姓だけが記されてました。今泉所長が密造グループのリーダーなんでしょう。しかし、あの部屋は密造所ではないと思います。割に小さなマンションですんで、男たちが何人も出入りしたら、すぐに不審な目で見られるでしょう。密造工場は案外、研究所のどこかにあるんじゃないでしょうか？」

「そうかもしれない。久我はベレンソンにBC兵器を届けに来たんだな」

「ええ、多分。久我は代金をキャッシュで受け取るんではないでしょうか。小切手や銀行振り込みだと、証拠を残すことになりますんでね」

「そいつを確かめよう。久我のアウディが出てきたら、きみはこの車をわざと軽くぶつけてくれ。きみと久我が言い争ってる隙に、おれは奴の車の中を物色してみる」

更級は自分の車に戻った。

青い車が駐車場から出てきたのは数十分後だった。芳賀が指示通りにクラウンの鼻先をアウディの横っ腹に突っ込んだ。芳賀と久我が、ほぼ同時に車を降りた。

「あなた、どこを見て運転してるんですっ」

「すみません。ちょっと考えごとをしてたもんですから」

芳賀が頭を何度も下げながら、弁解しはじめた。

更級は静かにドアを開け、スカイラインから出た。

中腰で、アウディに近づく。後ろ向きの久我は、まるで更級に気づかない。

更級はアウディの車内を覗き込んだ。助手席に、黒いアタッシェケースがあった。

更級は、そっと錠を外した。百万円の束が二十個はあった。

やはり、現金取引をしたようだ。

更級はケースの蓋を閉めて、アウディから離れた。自分の車に向かう。

「こちらに落ち度があるわけですから、当然、修理代は全額負担させてもらいます。お名刺を一枚いただけないでしょうか？」

芳賀が久我に言っている。

「あいにく名刺を切らしてるんですよ」

「それなら、会社のお電話番号を教えてください」

「もうすぐ車を買い換える予定だったので、別に修理してもらわなくても結構ですよ。ちょっと先を急ぐんで、これで」

久我がそう言って、逃げるように車に乗り込んだ。すぐにドイツ車は、闇の奥に紛《まぎ》れた。

芳賀が駆け寄ってきた。

更級は、パワーウインドーをいっぱいに下げた。

「中身は、やっぱり札束だったよ。二千万はありそうだったな」

「そうですか」

「これからベレンソンの部屋に押し込んで、BC兵器を買ったかどうか吐かせよう」

「しかし、ここはオートロック式の玄関でしょうし、ベランダ伝いに七階までよじ登るのも無理なんじゃありませんか？」

「いい手を思いついたんだ。一緒に来てくれ」

更級はウインドーシールドを閉めると、勢いよく外に出た。

4

円《まる》いボタンに手を伸ばした。

テンキーでベレンソンの部屋の番号をゆっくりと押す。

更級と芳賀は、集合インターフォンの前に立っていた。高級マンションの玄関ロビーは、ホテル並に広かった。

ややあって、スピーカーから金属的な声が流れてきた。紛《まぎ》れもなく、ベレンソンの声だ。英語だった。

「どなたでしょう？」

「わたくし、久我晃一の同僚です。さきほど久我がご注文の品をお届けに上がったと思いますが、実はちょっと手違いがございまして……」

更級は、もっともらしく言った。

「手違いというと？」

「こちらのミスで、品物の一部に不良品が紛れ込んでしまったのです。それで、わたくしが品物の交換にうかがった次第なんです」

「そう。それじゃ、いま、ドアを開けてやろう」

「恐れ入ります」

更級は、かたわらの芳賀を目で促した。

二人は歩きだした。透明なオートドアは、なんの抵抗もなく開いた。

更級は、エレベーターホールの防犯カメラに気づいた。管理人が、どこかでモニターを観《み》ているにちがいない。

更級は目顔で、防犯カメラのことを芳賀に教えた。芳賀が黙ってうなずく。

二人は顔を隠しながら、エレベーターに乗り込んだ。

七階で降りる。二人は七〇八号室に向かった。廊下がやけに広い。

「チーフは、ベレンソンに顔を知られてますよね？」

「ああ。きみがドア・チャイムを鳴らしてくれないか」

「わかりました」

芳賀が七〇八号室のドアの前に立った。

更級は、素早くドアの横の壁にへばりついた。ホルスターから、グロック32を引き抜く。スライドを滑らせたとき、芳賀がドア・チャイムを響かせた。

「研究所の方だね？」

ドア越しに、ベレンソンが確かめた。流暢《りゅうちょう》な日本語だった。

「ええ。品物の交換に上がりました」

「ご苦労さん。いま、ドアを開けるよ」

チェーンが外され、ドア・ロックが解かれた。

芳賀がドア・ノブを摑んで、強く手前に引いた。すかさず更級は玄関に躍り込んだ。

ベレンソンが短い叫び声をあげた。芳賀も入ってきて、ドアをロックした。

「き、きみは先日、わたしのオフィスに来た……」

ベレンソンが後退しながら、呻くように言った。大胆な縞柄のガウンを羽織ってい
た。右手の指には、葉巻《はまき》が挟まれている。

その葉巻がカーペットの上に落ちた。

ベレンソンが慌《あわ》てて火を踏み消す。彼はサンダルに似た室内履《ばき》を突っかけていた。

「記憶力は、それほど悪くないようだな」

「きみは、確か峰岸利明氏の従弟だったね?」

「その話は、でたらめなんだ。作り話なんだよ」

「ええっ⁉　そんな物騒な物をちらつかせて、いったい何のつもりなんだ?」

「話は奥でしようじゃないか」

更級は顎をしゃくった。

ベレンソンが後ろ向きになって、素直に奥に向かった。室内は西洋式の造りになっ
ている。靴を脱ぐ必要はなかった。

広い居間に入る。三十畳近くありそうだ。日本趣味があふれている。光沢のある船《ふな》簞笥《だんす》が置かれ、金屏風《きんびょうぶ》が衝立《ついたて》として使われている。

提灯《ちょうちん》がモビール風に天井から垂れ、殴り仕上げの白壁には凧《たこ》や浮世絵版画が飾られていた。リビングセットも民芸調だった。

更級は、ベレンソンをソファに坐らせた。

芳賀が自動拳銃を握りしめて、奥の部屋に移った。

「久我が持ってきた生物化学兵器《バイオロジカル・ケミカル・ウエポン》は、どこにあるんだ？」

更級は立ったまま、早口で訊いた。

「きみは何を言ってるんだね？　わたしが久我君に届けてもらったのは、そんな物じゃないよ」

「何を届けてもらったんだ？　言ってみろ！」

「制癌剤さ。まだ正式には厚労省の許可が下りてないらしいんだが、とてもよく効くんだ。従来のインターフェロンを改良した薬らしいんだよ。わたしは胃癌なんだ」

「そんな言い逃れが通用すると思ってるのか」

更級はせせら笑って、レザージャケットの内ポケットから消音器を摑み出した。

ベレンソンの顔色が変わった。頰の肉もひくつきはじめた。

消音器を嚙ませ終えたとき、芳賀が戻ってきた。目が合うと、彼は無言で首を振った。ベレンソンのほかには、誰もいないようだ。

「ベレンソン、早くBC兵器を出したほうがいいぞ」

更級は銃口を向けた。ベレンソンが横を向く。

「わたしが買ったのは本当に新しい制癌剤なんだよ」

「おれの神経を逆撫《さかな》でするると、それだけ早く死ぬことになるぜ」

更級は言いざま、引き金を強く絞った。

圧縮空気に似た発射音が響き、ベレンソンが椅子から転げ落ちた。

銃弾はソファの背凭れを撃ち抜き、後ろの博多人形をガラスケースごと砕いた。ガラスの破片と人形の芯が礫《つぶて》のように飛び散った。

「わ、わたしを殺すつもりなのか⁉」

部屋の主が這《は》いつくばったまま、震え声で言った。

「こっちの命令に従えば、殺しやしない」

「わかった。久我が届けてくれた物を持ってくる」

ベレンソンが船箪笥に向かって這っていく。腰が抜けてしまったらしい。

更級は後を追った。ベレンソンが船箪笥の前で女坐りをして、引き出しの中から四角い化粧箱を取り出した。

アタッシェケースほどの大きさだった。

その箱の中には、十数個のカプセルが詰まっていた。そのうちの約半分は、透き通ったガラス容器だった。液状のもの、蜂蜜状のもの、ゼリー状のもの、顆粒《かりゅう》状のものとさまざまだ。

「どれもBC兵器なんだな？」

「そ、そうだ。大腸菌や結核菌に発癌遺伝子を合成したものが大半だが、後天性免疫不全症候群《エイズ》のウイルス、天然痘ウイルス、エボラ・ウイルス、それから世界保健機関もまだ把握してない新種の沈黙《サイレント》ウイルスなども混入されてるカプセルもある」

「これを、どこに売るつもりだったんだ？」

「これは、エルサルバドルに流すことになってたんだよ。あの国は一九七九年から、ずっと内乱を繰り返してきたからな」

「政府側に売る気だったのか？」

　更級は訊いた。

「いや、そうじゃない。今回はゲリラ側に売ることになってたんだよ。もちろん、その前には政府側に売ったがね」

「あんたには、ポリシーってものがないらしいな」

「これでも昔は、それなりに思想も人生哲学もあったんだよ。しかし、形のないものは所詮、幻想さ。ことに政治思想なんてものは、信じるだけの値打ちもないね。イデオロギーなんかに振り回されたら、ろくなことはない」

「偉そうなことを言うじゃないか」

「別に大層なことを言ったつもりはない。単なる実感さ。いまのわたしには、右も左もないんだ。品物を高い値で買ってくれるなら、どんな相手とだって、商売するよ」

「それが流浪《るろう》の民《たみ》の生きる知恵ってわけか？」

「きみは、わたしがユダヤ人であることまで調べ上げてたのか⁉」

ベレンソンが目を丸くした。

「まだ知ってるよ。あんたの死んだ兄貴ヤコブがイスラエルの秘密情報機関モサドの優秀な工作員だったこともな。おそらく、あんた自身も通報者《インフォーマント》だったんだろう」

「なんで、そんなことまで知ってるんだ⁉　きみは外事課か、公安刑事だな？　いや、ひょっとしたら、ラングレー《CIA》の日本人工作員なんじゃないか。いや、あるいはロシアの手先なのかもしれんな」

「残念ながら、外れだ」

「それじゃ、いったい何者なんだね？」

「ある闇の組織のメンバーとだけ言っておこう。話を戻すが、あんたの兄貴がモサドの情報員だったことは間違いないな？」

「否定はせんよ。しかし、兄貴はかわいそうな男だ」

「なぜ？」

　更級は問いかけた。

「イスラエルのために命を捧げたのに、わずかな慰労金が年老いた母親に支払われただけだ。アメリカで集めた情報を兄貴に流してたわたしには、何も寄越さなかった。そんなことがあって、わたしは国のために働くことがばかばかしくなったのさ」

「それでヘッドハンターを表ビジネスにしながら、裏では美術品の故買やＢＣ兵器のブローカーをやるようになったわけか？」

「美術品の故買のことまで知ってるのか⁉」

「檜原村の廃校で、丹下荘太郎所有のヘリを撃ち落としたのはおれだよ。あんた、石丸邸からせしめた美術品を買うことになってたなっ」

「丹下に頼まれて、仕方なく買うことになったんだ。でも、あれが警察に押収されて、ほっとしてるよ。丹下は、総額三百九十億で買い取れと言ってきたんだ」

「あんた、丹下に何か弱みを握られたんだな？」

「弱みといえば、弱みになるのかもしれないな。わたしは、表のビジネスで丹下にだいぶ世話になってたんだよ」

「どんなことで？」

「わたしが目をつけたビジネスパーソンやエンジニアたちが引き抜きの話に乗ってこない場合、丹下が自分のところの若いスタッフを使って、話がスムーズに運ぶようにしてくれてたんだよ」

ベレンソンが答えた。

「要するに、丹下はあんたがハンティングしたい人物に威《おど》しをかけたり、スキャンダラスな罠を仕掛けたんだな？」

「詳しいことは知らんが、多分、そういった圧力をかけてくれてたんだと思う。とにかく丹下に相談すると、狙った人材は百パーセント、スカウトできたんだよ。そういう借りがあったんで、石丸のコレクションを買わされそうになったんだ」

「丹下とは、どんなきっかけで知り合ったんだ？」

「四、五年前に、アメリカンクラブのパーティーの席で誰かに紹介されたんだよ。BC兵器を京和製薬附属研究所に密造させるという話を持ち出したのは、丹下なんだ」

「あんたが思いついた悪事だと思ってたよ」

「いや、丹下が言いだしたことなんだ。丹下は今泉所長のウィークポイントを摑んで、強引にBC兵器を密造させたんだよ」

「今泉の弱点って、何なんだ？」

更級は、ベレンソンを見据《す》えた。

「よくは知らないが、今泉は株で大きな損失を出して、極光産業の子会社のファイナンス会社から多額の借金をしてたらしいよ。丹下と極光産業の黒沼代表は、とても親しいんだ」

「やっぱり、そういうことだったのか。政財界の大物たちの娘や孫娘を誘拐したのは、丹下の指図だったんだな？」

「わたしは、誘拐事件にはいっさいタッチしてない。丹下が一連の事件に関与してることは薄々わかってたがね」

「丹下の後ろに、誰か黒幕がいるはずだ」

「そういうことは何も知らない。わたしは、今泉たち五人が作ったＢＣ兵器を売り捌《さば》いてただけなんだよ」

「その五人の名を言え！」

「わたしは今泉所長と久我君の名しか知らないんだ。久我君がいつも商品を届けてくれてたんだよ」

「ＢＣ兵器のブローカーを裏ビジネスにするようになって、何年になる？」

「二年だよ」

「これまでの販売先は？」

「主な販売先は、クーデターを繰り返してるラテンアメリカ諸国だよ」

ベレンソンがそう前置きして、六、七カ国の名を挙げた。

「あんた自身が相手の国まで出向いて、客にＢＣ兵器を手渡してたのか？」

「時にはそういうこともあったが、たいがい大使館員を運び屋に使ってたんだ。商品を参事官や書記官の外交行嚢《こうのう》に入れれば、フリーパスだからね」

「なるほど、考えたな。それも丹下の入れ知恵か？」

「いや、それはわたしが考えたんだよ」

「南アの狂信的な白人団体にも、ＢＣ兵器を売ったことがあるなっ」

「その話、誰から聞いたんだ？」

「さっき駐車場で、あんたに発砲した黒人青年だよ」

「あの男は、きみの仲間なのか？」

「いや、彼は南アから来たテロリストだ。ＢＣ兵器で苦しめられてる仲間の仕返しに来たようだな」

更級は言った。

「ということは、わたしを殺しに……」

「そういうことだろうな。それはそうと、これまでにかなり儲けたんだろう？　どうせ仕入れ値の十倍、二十倍で売り捌いてたんだろうからな」

「約百三十億円だよ。しかし、四割を丹下に取られたから、実質的な儲けは八十億円前後だと思う」

「代金は、どんな方法で受け取ってたんだ？」

「香港にあるペーパーカンパニーの口座にUSドルで振り込んでもらい、それを両替屋でユーロに替えてから、スイスの銀行に移すんだよ」

「当然、スイスの銀行では秘密番号口座《ナンバード・アカウント》を利用してるんだな？」

「ああ、もちろんだよ」

ベレンソンがそう言って、船簞笥に凭《もた》れかかった。更級は口を結んだ。

それまで黙って話を聞いていた芳賀が、ベレンソンに問いかけた。

「あんたたちは、峰岸利明にBC兵器の密造をしてることを知られてしまったんだなっ」

「そ、そうだよ」

「密造工場は、どこにあるんだ？」

「生物工学研究所の地下室を使ってるらしい。わたし自身は、見たことがないんだ。久我君の話によると、そこはかつて何かの貯蔵室だったそうだ。めったに研究員も近寄らない場所らしいんだが、運悪く峰岸に見られてしまったんだ。それで今泉所長が青くなって、わたしの所に相談に来たんだよ」

「相談の末、あんたは引き抜きという名目で峰岸に罠《トラップ》を仕掛けた。しかし、峰岸は罠には引っかからなかった。焦《あせ》ったあんたと今泉は、次に峰岸を拉致することを考えた。大筋は間違ってないんじゃないか」

「その通りだよ。峰岸を拉致しようと言いだしたのは今泉なんだ。わたしは、その計画には反対だったんだよ。本当に峰岸をアメリカのバイオ関係の優良企業に追っ払うつもりだったんだ。しかし、今泉が不安がって、極光産業の大和田って男に相談してしまったんだよ」

「今泉にしてみれば、そりゃ不安だったろうさ。内部告発されたら、それこそ一巻の終わりだからな」

「今泉は、峰岸に金と主任のポストを与えて口止めしようとしたんだ。しかし、峰岸はそれを強く拒んだらしいんだよ。それでやむなく、峰岸を……」

「峰岸を連れ去ったのは、義信会岩浪組の連中なんだな？」

「それはわからない。わたしは今泉から、峰岸を押さえたという報告を受けただけなんでね。嘘じゃないよ」

ベレンソンが弱々しい声で言った。何か言いかけた芳賀を手で制し、ふたたび更級はベレンソンに質問した。

「峰岸が拉致されるところを偶然に見てしまった人妻がいるはずだ。羽柴奈穂という名だが、その彼女もついでに連れ去ったんだな！」

「その話は何も聞いてない。わたしが知ってるのは、峰岸利明のことだけだ」

「峰岸が監禁されてる場所を喋ってもらおう」

「もう峰岸は死んでる。拉致した日の夜に男たちが山の中で峰岸をロープで絞め殺して、土の中に埋めてしまったそうだ」

「その場所は？」

「南足柄市の外れにある明神ケ岳という山の中腹だとか言ってたよ」

「あんたと今泉をその近くに生き埋めにしてやってもいいな」

「やめろ、殺さないでくれ。スイスの銀行にある預金をそっくりやってもいい。それでも足りなければ、オーストラリアにあるリゾートホテルもやろう」

「他人《ひと》をなめるんじゃないっ」

更級は、ベレンソンの顔面を靴の先で蹴り込んだ。肉と骨が軋んだ。ベレンソンは船箪笥に後頭部を強く打ちつけ、その反動で前のめりに倒れた。

「立て！　立つんだっ」

「わかったよ。だから、もう乱暴はしないでくれ」

ベレンソンが顔面を手で押さえながら、のろくさと身を起こした。顔半分が鼻血に塗《まみ》れていた。

更級は、ベレンソンの腹に銃弾を浴びせた。ベレンソンが腹を押さえて、膝から崩れた。

「あんたの罪は償《つぐな》いようがない」

「頼む、命だけは助けてくれーっ」

ベレンソンが顔を床に押しつけて、掠《かす》れ声で哀願した。

更級は唇を歪《ゆが》めて、引き金《トリガー》に深く指を巻きつけた。そのとき、芳賀が声をかけてきた。

「チーフ、止《とど》めはわたしが……」

「きみに任せよう」

更級は数歩退《さ》がった。

芳賀がハードボーラーをホルスターに収め、腰のあたりから細長い刃物を摑み出した。それはドイツ製の礼装用銃剣だった。

柄の部分が鷲の頭部にそっくりだ。そのことから、俗にイーグル・ヘッドと呼ばれている。旧型の銃剣だが、刀身は鋭く磨き込まれていた。

芳賀が銃剣を唾液で濡らし、ベレンソンの背後に回り込んだ。殺気を感じたのか、ベレンソンが起き上がろうとした。

芳賀は敏捷に動いた。左腕をベレンソンの喉に回して、尻を床に落とさせた。

ベレンソンが必死にもがく。だが、その抵抗は虚《むな》しかった。

芳賀がベレンソンの喉の軟骨を圧《お》し潰《つぶ》しながら、延髄に尖鋭《せんえい》な銃剣《バヨネット》を刺し入れた。

ベレンソンは、くたりと首を垂れた。声ひとつあげなかった。

芳賀が上体をやや後方に反らせ、銃剣を一気に引き抜いた。血煙が高く舞い上がった。

その直前に、芳賀はベレンソンから離れた。血は一滴も浴びていなかった。

「みごとだな。そんな殺し方、どこで覚えたんだ？」

「暗殺防止人で喰ってた時代に、凄腕の暗殺者たちの手口を勉強させられたんですよ」

「きみのような男を敵に回したら、ちょっと怖いな」

「ご冗談を」

芳賀が不意に体を捻って、血みどろの銃剣をベランダ側のカーテンに向かって投げ放った。

男の短い叫び声がした。分厚いドレープ・カーテンを貫いたバヨネットは、何かに突き刺さっていた。

「誰だっ。出て来い！」

更級はグロック32を構えた。

カーテンが揺れ、見覚えのある黒い顔が現われた。霞が関ビルの駐車場にいた黒人青年だった。

「撃たないでください」

「ちょっとした知り合いだよ」

更級は銃口を下げ、横にいる芳賀に手短に説明した。芳賀が抜きかけたハードボーラーをホルスターに戻した。

黒人の大男が銃剣を抜き、カーテンを大きく開けた。ガラス戸が四十センチほど開いている。

青年の右の二の腕から、血の糸が滴《したた》っていた。その手には、オートマグ・ピストルが握られている。

「ベランダ伝いに七階まで上がってきたのか？」

更級は英語で訊いた。

「いいえ、ちがいます。非常階段で屋上まで上がって、上からロープで降りてきたんですよ」

「信じられないことをやる男だ」

「ベレンソンは気絶してるんですね？」

「いや、もう死んでる。おれたちが処刑したんだ」

「あなたに先を越されてしまったのか」

「そういうことになるな。腕の傷はどうだ？」

「たいしたことありません。それにしても、あなたの相棒は従者《ただもの》じゃありませんね。元は、プロの暗殺者だったんではないんですか？」

「いや、彼は暗殺防止人だったんだよ」

「何なんです、それは？」

「ノーコメントだ。おれたちは引き揚げる。きみも適当に消えたほうがいいな」

更級は返事をはぐらかし、ＢＣ兵器の詰まった化粧箱を掴み上げた。

芳賀がベランダのサッシ戸のそばまで歩《ほ》を運び、床から銃剣を拾い上げた。彼は無表情で血をカーテンで拭い、腰の後ろの革鞘《スカバード》に収めた。

「金目のものがあったら、いただいてけよ」

更級は黒人の大男に言って、玄関に足を向けた。数歩あとから、芳賀が従いてくる。

二人は、堂々と表玄関からマンションを出た。

スカイラインに乗り込むと、すぐに特殊スマートフォンが鳴りだした。更級は特殊スマートフォンを掴み上げた。

「わたしです。二、三度電話をしたんですよ」

悠子だった。更級は、車を離れていた理由を話した。

「いま、わたし、渋谷で今泉所長にお鮨をごちそうになってるんです」

「アプローチが早いな。さすがは女処刑人だ」

「うふふ。それで、今泉をどこかで締め上げようと思うんですけど、かまいませんよね？」

「もう少し今泉の気を惹《ひ》いててくれ。おれたちも、そっちに行く」

更級は店の場所を詳しく聞いてから、電話を切った。無線で芳賀に従いて来いと指示し、スカイラインを走らせはじめた。

第五章　獲物を葬れ

1

「今泉、もう目隠しを外してもいいぞ」

更級は言った。その声が反響した。

壁や床には、防音材が施されている。『牙』本部の処刑部屋だ。母屋とは別棟の地下一階だった。およそ五十畳の広さだ。ドアがあるだけで、窓はひとつもない。

「きさまらは何者なんだっ」

今泉が両瞼を擦《こす》って、声を張った。虚勢を張ることで、恐怖心を捩《ねじ》伏せたいのだろう。

「おれは峰岸利明の従弟だよ。あんたと会ったとき、そう名乗ったはずだぜ」

「ふざけるな！　わたしをこんな所に連れ込んで、何をしようというんだっ」

「おれたちは、この地下室のことを処刑部屋と呼んでる。ここで永遠の眠りについた者は五人じゃきかない。どいつも救いようのない極悪人ばかりだったよ」

「わたしを殺す気なのか⁉　わたしが何をしたって言うんだっ」

「もう諦めろ。ベレンソンが何もかも吐いたんだ。ＢＣ兵器の密造のこと、峰岸利明を殺させたこと、それから奴はあんたが株で大損したことも喋ってくれたよ」

「ベレンソンを殺したのか？」

「ああ、そうだ」

「ベレンソンが何を言ったか知らないが、わたしはある意味では被害者なんだ」

「被害者だって？」

　更級は冷ややかに笑って、ソファに腰を下ろした。今泉の前に立っている悠子も、冷笑を浮かべた。ドアに凭《もた》れた芳賀は、いつものように無表情だった。

「わたしは、極光産業の黒沼や大和田に騙《だま》されたんだよ。わたしは二十年ほど前から株の売り買いをやってたんだが、リーマン・ショックで大きな損失を出してしまったんだ」

「どのくらいのマイナスを作ったんだ？」

「約十一億円だよ」

「個人としては、大口の顧客だったようだな」

「うん、まあ。だから、証券会社がいくらかは損失を補ってくれたんだよ」

「専門的なことはわからないが、証券会社が新株引受権証券《ワラント》とか転換社債、国債などの債券取引を利用し、法人関係や大口投資家にプラスになるよう操作して、赤字の補塡《ほてん》をしてくれてたんだろう？」

「そうだよ。しかし、一億や二億のカバーじゃ、とてもとても。そんなときに極光産業が巧みに近づいてきて、仕手戦で一発勝負をしてみないかと持ちかけてきたんだ。極光産資金も回してくれたよ。しかし、結局はしくじって、途方もない借金が残っただけだった」

今泉が愚痴《ぐち》をこぼした。

「二進《にっち》も三進《さっち》もいかなくなってたとき、極光産業はBC兵器の密造の話を切り出してきたんだな？」

「そうなんだ。もちろん、最初は断ったさ。そうしたら、黒沼は荒っぽい男たちを使って妻や娘を辱《はずか》しめようとしたんだ。それで仕方なく、しぶしぶBC兵器の密造に手を貸すようになったんだよ」

「しかし、それで借金は返済できたんじゃないのか」

「いや、まだ四億近く残ってる。極光ファイナンスの金利はべらぼうに高いんだ。わたしは黒沼たちに嵌《は》められたんだよ」

「部下の峰岸利明を殺させといて、よくそんなことが言えるなっ」

更級は怒鳴り返して、悠子に目配せした。

悠子が素早く間合いを詰めて、今泉に順蹴《じゅんげ》りを放った。少林寺拳法の足技のひとつだ。

「うわっ」

今泉が身をくの字に折って、後方に引っくり返った。悠子が近づくと、今泉は跳ね起きた。すぐに腰のベルトを引き抜く。

悠子は、少しも怯《ひる》まなかった。

静かに中段の構えをとった。左拳は床と平行に、右拳は胸の前に構えている。足は逆丁字《ぎゃくちょうじ》立ちで、やや膝を折り曲げていた。

あの構えなら、どんな攻撃にも対応できそうだ。

更級は悠子の動きを見守った。

今泉が革ベルトを振り回しながら、一歩ずつ悠子に迫っていく。空気の唸りが高い。

悠子は相手を見据えたまま、じっと動かなかった。全身に、余裕が感じられた。

「くそっ」

今泉が焦《じ》れて、先に仕掛けた。足を止め、右腕を大きく翻す。

ベルトが鞭《むち》のように撓《しな》って、空気を切り裂いた。悠子はわずかに状態を傾けただけで、なんなくベルトを躱《かわ》した。

小ばかにされたと思ったのか、今泉が狂ったようにベルトを振り回しはじめた。風切り音が絶え間なく聞こえてくる。悠子の動きは、あくまでも小さい。わずかな無駄《ロス》もなかった。いつしか今泉の息は乱れていた。肩の弾みも大きかった。

「とおーっ！」

不意に、悠子が高く跳躍した。

最初に同じ足で今泉の股間を二度蹴り、その足でさらに回し蹴りを見舞った。段蹴《だんげ》りをまともに喰らって、今泉は呆気《あっけ》なく床に転がった。

悠子は容赦しなかった。

すぐに今泉に走り寄って、肘関節を攻めた。今泉が動物じみた悲鳴をあげた。

悠子は最後に相手の首筋に手刀《しゅとう》打ちをくれて、さっと離れた。今泉は倒れたまま、しきりに痛みを訴えた。

「いつもの手順でやってくれ」

更級は芳賀に声をかけた。

芳賀は今泉を抱き起こし、壁際まで引きずっていった。壁には、四肢を固定する金具が埋まっている。

芳賀が今泉を壁に押しつけ、両手首と両足首に留具を噛ませた。

今泉の体がXの形に固定された。更級はソファから立ち上がり、今泉の前まで大股で歩いた。立ち止まると、今泉が憎々しげに言った。

「これじゃ、やくざたちと変わらないじゃないか」

「おれは、救いようのない悪党《ワル》どもには手加減しない主義なんだよ」

「ぺっ」

今泉が、だしぬけに唾を飛ばしてきた。それは、更級の胸のあたりに引っかかった。

更級はにっと笑って、今泉の肝臓《レバー》と腎臓《キドニー》にダブルパンチを打ち込んだ。

今泉が歯を剥《む》き出しにして、野太く唸った。すぐに口の端から血の混じった胃液が垂れはじめた。

「丹下や黒沼たちは何を企んでるんだ？」

「そんなこと、わたしが知るわけないじゃないかっ」

「密造スタッフは、すべて研究所の人間なのか？」

「そうだよ。五人とも、このわたしが目をかけてきた連中さ」

「その中に当然、久我晃一も入ってるな？」

「ああ。久我君が最も信頼できるスタッフだったよ」

「それで、奴に大和田の所に黒いアタッシェケース入りの札束を持っていかせたんだな。あれは、峰岸利明を消してもらった謝礼だったんだろう？」

更級は訊いた。だが、今泉は何も言わなかった。

「空とぼけたって、無駄だぞ。おれは、久我と大和田が馬事公苑のそばにあるファミリーレストランで会ってるのを見てるんだ」

「殺しの謝礼もあるが、大半は借金の利息分だよ」

「峰岸を殺してもらうのに、いくらかかかったんだ？」

「五百万ずつ出したんだ、わたしとベレンソンとで」

「手を汚したのは岩浪組の連中なのか？」

「大和田は、その点については何も話さなかったんだ。こちらも知りたいとも思わなかったしな」

「しかし、見当はつくだろうが！」

「多分、協栄興業の奴らに頼んだんだと思うよ。黒沼は、協栄興業の社長と親しいようだからな」

「協栄興業といったら、関西の最大暴力団の傘下組織だな。確か総会屋の元締めの丹下荘太郎とも親しいはずだ」

「そんなことはまだ知らないよ」

「あんたは黒沼たちの言いなりになってきた男だ。一連の誘拐事件にも関わってるんじゃないのかっ。え？」

「それは誤解だよ。大和田たちが何かとんでもないことをしてるような気配は感じたが、わたしはそんな大きな事件にはタッチしてない」

「それは信じてやってもいい。ところで、大和田が差し向けた連中は峰岸のほかに、通りがかりの人妻も連れ去ってるはずだ」

「そのことは、大和田から少しだけ聞いたことがあるよ。峰岸を拉致するところを見られたんで、ついでに、その女も車に押し込んだとか言ってた」

「彼女はどこにいる？」

「それはわからないが、女は生きてるんじゃないのかな」

「どうして、そう思う？」

「その女性のことを、誰かがとても気に入ったらしいんだよ。大和田がそう言ってた」

「誰かって、黒沼のことなのかっ。それとも、丹下のことなのか？」

「そこまではわからない。ただ、大和田の口ぶりだと、かなりの大物のような感じだったよ」

「そいつは、奈穂を慰みものにしてるんだな」

無意識に更級は、かつて愛したことのある女の名を口走ってしまった。すぐに彼は、悠子と芳賀の視線を感じた。だが、二人とも何も問いかけてこなかった。

「その女は、あんたの何なんだ？」

今泉が訊いた。

「昔のちょっとした知り合いさ」

「ふうん。細面《ほそおもて》の愁《うれ》いを含んだ美人だという話だったよ。だから、誰かに手をつけられたんだろう。しかし、その女は殺されずに済んだんだから、ある意味では幸運だったんだよ」

「幸運だっただと？　あんたが峰岸の口を封じたがったため、なんの関係もない人間まで巻き添えを喰ったんだぞ。なにが幸運だっただっ」

更級は何か凶暴な気持ちに駆り立てられ、今泉の顔面に右のストレートパンチをぶち込んだ。強《したた》かな手応えがあった。

今泉の後頭部が壁にぶち当たり、鈍い音をたてた。右の瞼が切れ、鮮血が噴いている。それは糸を引きながら、目の中に流れ込んだ。

更級はポケットから、ライターを抓《つま》み出した。

点火し、炎を最大にする。それを今泉の顔に近づけた。ぐったりと首を垂れていた今泉が獣のように叫び、大きく伸び上がった。

「極光産業と『救魂教』の繋がりを何か知ってるんじゃないのか？」

「わたしはよくは知らないんだ。ただ一度だけ、偶然に大和田と教団の事務局長が会ってるのを見たことがあるよ。たまたま約束の時間より早目に出かけたら、その二人が何やら密談してたんだ」

「喉が渇《かわ》いたろう？　何か飲ませてやるよ」

更級は悠子に合図して、ＢＣ兵器の詰まった化粧箱を持ってこさせた。箱を見て、今泉が顔を大きく振った。

「蜂蜜のようなシロップはどうだ？」

更級は化粧箱の中を覗き込んで、今泉に問いかけた。

「そんなのを飲んだら、炭疽《たんそ》病に罹《かか》ってしまう」

「それじゃ、こっちのオレンジゼリーみたいなやつを喉に流し込んでやろう」

「やめろ、やめてくれ！　そいつは、ラッサ熱という奇病を誘発させるＢＣ兵器なんだ」

「それじゃ、こっちのにしてやるか」

更級は、カプセルのひとつを抓《つま》み上げた。

「それはボツリヌス菌だ。いや、そうじゃない。そいつは類鼻疽菌《るいびそきん》だったな。その菌に汚染された食物や水が体内に入ると、肺炎を起こすんだよ。下手をすると、死んでしまうんだ」

「どうせなら、もっと即効性の高いのがいいな」

「お願いだ。わたしに、そんな恐ろしいものを飲ませないでくれーっ！」

今泉が口をきつく結んで、激しくもがきはじめた。

更級は、左右の悠子と芳賀に目配せした。悠子たち二人が、すぐに今泉の両側に回り込んだ。芳賀が今泉の頭髪を掴んで、壁に強く押さえつける。悠子が片方だけ手術用のゴム手袋をつけ、もう一方を投げて寄越した。

更級は右手だけに手袋を嵌《は》め、無造作にカプセルのひとつを抓み上げた。

ラベルにSと記されているだけだ。キャップを外す。中身は、粘りのある液体だった。

「準備してくれ」

更級は、二人の部下に言った。

悠子が今泉の鼻を抓んだ。息苦しくなった今泉は、じきに口を開けた。芳賀が心得顔で、今泉の顔をこころもち上向かせた。

更級は、カプセルの中身を半分ほど今泉の口の中に注ぎ込んだ。

今泉が舌を丸めて、ねっとりとした液体の侵入を阻《はば》もうとする。そのたびに更級は、今泉の顎を下から強く持ち上げた。

無理矢理に口を閉ざされた今泉は、いやでも口の中に溜めた液体を飲み下すことになる。同じ要領で、更級は残りの半分をきれいに飲ませた。

「おしまいだ。わたしは、じきにアフリカ眠り症という難病に罹ってしまう」

今泉が放心状態で呟いた。

「BC兵器の怖さを知るがいい」

「難病に苦しめられるのはごめんだ。わたしを病院に運んでくれ。すぐに胃洗滌《いせんじょう》すれば、まだ間に合う。頼むよ、わたしを助けてくれーっ」

今泉が涙声で訴えた。更級は冷然と応じた。

「助けるわけにはいかないな。しかし、楽にしてやってもいいぞ」

「こ、殺す気なんだな。いやだ、死にたくない！」

今泉は、子供のように喚《わめ》いた。そのうちスラックスの前を濡らしはじめた。尿失禁してしまったのだ。

更級は少し後ろに退《さ》がった。

悠子と芳賀が、留具に手を伸ばした。二人は今泉の四肢《しし》を自由にしてやると、部屋の隅まで引っ張っていった。今泉は泣き喚いて抗《あらが》ったが、ほとんど効果はなかった。

芳賀が床にしゃがみ、鉄製のハッチを開けた。

薬品の臭《にお》いが下から漂ってきた。悠子が自動拳銃で脅しながら、ハッチの縁《ふち》に今泉を正座させた。

「仕上げは、おれがやろう」

更級はBC兵器の入った化粧箱をテーブルの上に置き、ハッチのある所まで大股で歩いた。

「鉄の長い滑り台がずっと下までつづいてるようだが、底には何があるんだ？」

今泉が下の暗がりを覗き込みながら、涙混《ま》じりに問いかけてきた。

「地獄さ。悪党どもの墓場だよ」

「た、助けてくれーっ」

「くたばっちまえ！」

更級は罵《ののし》って、今泉の背中を力まかせに蹴った。

今泉が頭から滑り台に落ちた。一回転し、そのまま滑り落ちていった。

数秒後、絶叫が響いてきた。

それは、長くはつづかなかった。十数メートル下には、硫酸クロムの液槽があった。肉の焼ける臭いと白い煙が、生きもののように這い上がってくる。芳賀が大急ぎでハッチを閉めた。

「今泉は、十数時間で白骨化するだろう」

更級は、どちらにともなく言った。

芳賀と悠子が相前後して、無言でうなずく。二人とも、いつもと変わらない表情だった。少なくとも、感傷の欠片《かけら》もうかがえない。

更級も心の疼《うず》きは覚えなかった。胸の底には、勝利感が横たわっていた。

この一年の間に同じ液槽に七人の巨悪を沈めた。

いずれも、生きたままで葬った。誰もが見苦しく命乞いをした。だが、更級たちは誰ひとりとして赦《ゆる》さなかった。

一昼夜経《た》つと、白骨化した死体は自動的に丸一日、流水で洗われるシステムになっている。乾燥された骨は、ほとんど無臭になる。その段階で、打ち砕かれる。

完全に粉になった遺灰は処刑人たちの手によって、それぞれの自宅に届けられる。もちろん、メンバーたちは遺族と言葉を交わしたりはしない。遺灰の入った壺を門柱の上に置いてくるだけだ。

更級たち三人は、処刑部屋を出た。

悠子が鉄の扉を閉め、壁のスイッチを入れた。処刑部屋のスプリンクラーが作動しはじめた。室内の血糊や汚物を洗い流してくれる装置もあった。室内の乾燥や臭気抜きもマイクロ・コンピューターの働きによって、自動的に行なわれる。

更級たちは母屋に入った。応接間には、植草と情報収集班の木下がいた。

「ただいま、今泉を処刑しました」

更級は、植草に報告した。

「ご苦労さんやったな。どんな悪党かて、一応、人間や。気持ちのええ仕事やなかったやろ?」

「もう馴れてしまって、なんの感情も湧きませんよ」

「そうかもしれへんな。そうや、いま木下君から報告があったんやけど、石丸、森、古川の三家がそれぞれ大きな航空小包を香港の中央郵便局の私書箱宛に送ったそうやねん」

「航空小包を私書箱に？」

「そうやねん。わし、中身は札束や思うねんやけど、きみはどない思う？」

「多分、札束でしょう。航空小包なら、まず税関で開封される心配はありませんからね」

「それで、さっき裏社会に精《くわ》しい人物に私書箱の借り主を調べてもろたんや」

「借り主は誰だったんです？」

更級は訊いた。

「胡洪文《ここうぶん》いう男や。香港の顔役で、世界中に知れ渡ってる暴力団14K《サッセイケー》のナンバー2といわれてる男やねん。その胡と丹下荘太郎は、つき合いがあるんや」

「となると、丹下が胡という顔役に頼んで、身代金の受け取りとマネーロンダリングを……」

「そう考えるんが、わしは自然や思うねん」

「そうですね」

「胡洪文は汚れた金をクリーニングしてやって、丹下から手数料を取るつもりなんやろ。そやから、さっき香港のすべての銀行と両替屋をチェックするよう頼んだんや」

「そうですか。ボス、まさか丹下の後ろに14Kがいるんじゃないでしょうね」

「それは考えられん思うわ。14Kは麻薬や銃器の取引で大変な金を儲けてる組織や。誘拐なんて面倒なことは、ようせんのとちゃうか？」

「そうでしょうね。やっぱり、丹下を操ってるのは日本人だな。必ずビッグボスを闇の奥から引きずり出してやります」

「よろしゅう頼むで。ほな、わしは先に床につかせてもらうで」

植草はソファから立ち上がると、いつものように飄々《ひょうひょう》とした足取りで部屋を出ていった。

足音が小さくなったころ、木下が言った。

「更級さん、今泉の資産調査の報告が遅くなってしまって、申し訳ありませんでした。別に忘れてたわけではないんですが、つい後回しになってしまって」

「気にしないでくれ。もう今泉は、この世にいないんだから」

更級は言って、ソファに腰を下ろした。芳賀と悠子も長椅子に坐った。

「そうそう、昼間、ジュリアンが救魂教の日吉本部を抜け出して、ここに教祖の使ったコップを届けてくれたんですよ」

木下が思い出したような口調で、更級に報告した。

「で、すぐに前科者リストと照合してくれたか？」

「ええ、やりました。渥美という姓は、やっぱり偽名でした。教祖の本名は、前中《まえなか》均《ひとし》です」

「どこかで聞いたことのある名だな」

「そうでしょう。四年前、金のペーパー商法で世間を騒がせた奴ですよ。ほら、年寄りたちから百億円近い金を詐取して、指名手配された男です」

「ああ、思い出したよ。確か国外に逃亡したんだったな？」

「そうです。前中均はブラジルに逃げたんですよ。それで、それっきり消息不明だったんです。昔の顔と違ってるのは、どこかで整形手術を受けたからなんでしょう」

「それから、密かに日本に舞い戻ってきたんだな」

「前中は二十歳前後の数年間、ある奇術師の内弟子をしてたんです。しかし、マジシャンとして芽が出なくて、その後、水商売に入ってます。そのころから、暴力団員と交際するようになったようですね」

「前科は？」

「えーと、傷害、窃盗、強姦未遂など五つほどありますね」

「極光産業や丹下荘太郎との接触は？」

「ペーパー商法で悪さをする少し前に、前中は丹下荘太郎のやってる経済研究所で一年ほど働いてます。最初は雑用をやらされてたようですが、数カ月後には丹下のお抱え運転手になりました」

「そうか。これで、丹下、黒沼、渥美、いや、前中の三人が一本の線で繋がったな。今度の誘拐事件がメインに見えるが、三人三様のやり方で金を集めてる。奴らは金をプールして、何かやらかそうとしてるにちがいない」

「彼らの黒幕がわかれば、陰謀が明らかになるんでしょうが」

「問題は、黒幕が誰かってことだな。丹下と親交のある大物たちをひとりずつチェックしていこう」

更級は長い脚を組んだ。

そのとき、応接間の固定電話が鳴った。受話器を取ったのは芳賀だった。

「チーフ、野尻君からです」

「受話器を投げてくれないか」

「はい」

芳賀がコードレスの受話器をアンダースローで投げてきた。更級はそれを受け、耳に当てた。

「野尻、どうした?」

「いま、大磯にいるんだ」

「丹下荘太郎の屋敷を張り込んでるんだな」

「そう。黒沼と大和田が屋敷に入ったまま、ずっと出てこないんだ。あんまり退屈なんで、さっき丹下んとこの電話回線に盗聴器を仕掛けたんだよ。そうしたら、丹下自身が黒幕らしき野郎に電話してる声が……」

「丹下は、電話の相手にどんなふうに呼びかけた？」

「先生というだけで、名前は一度も口にしなかったんだ」

「そういう敬称を使う相手となると、政治家、医者、弁護士、右翼の理論家といったところだろうな。で、話の内容は摑めたのか？」

「それがどうも摑みにくい会話でさ。あの件は問題なく進んでます――なんて調子なんだよ」

「そうか。そうだ、さっきベレンソンと今泉を始末したよ」

更級は詳しい話をした。

「それじゃ、これから丹下邸にみんなで押し入ろうよ。警護の人間は数人しかいねえんだ。もっとも家の周りには、防犯用赤外線装置のセンサーが張り巡らされてるけどね」

「丹下や黒沼が首謀者の名を吐くかどうかかな。黒幕の顔が透けてくるまで、もう少し待とう」

「それじゃ、おれはもう少しここで張り込んでみる」

野尻の声が途絶えた。

更級は受話器を耳から離した。野尻の報告で、黒幕の存在がほぼ明らかになった。見通しがついた気がする。しかし、石丸麻紀たち三人の人質と羽柴奈穂を救出することができるのか。

焦躁感が更級の胸を嚙みはじめた。

2

頭が重い。

思考力も鈍かった。寝不足のせいだろう。

更級は欠伸《あくび》を嚙み殺しながら、朝刊を拡《ひろ》げた。

そのとたん、眠気が消し飛んだ。旧友の羽柴和巳の死を伝える記事が載っていたからだ。

更級は、貪《むさぼ》るように社会面のトップ記事を読んだ。

数日前から消息を絶っていた東京の弁護士の水死体が、知多半島の沖合で発見された。遺体には、数カ所の刺し傷があった。凶器はアイスピックと思われる。

被害者の母親の話によると、殺された弁護士は行方不明の妻を捜しに行くと自宅を出たらしい――。

記事のあらましは、そんなふうだった。

先日、羽柴の家に寄ったとき、彼は何か急いでいる様子だった。あの後、ひとりで『救魂教』の本部に乗り込んだのではないか。

話し合いがこじれ、羽柴は教団関係者に殺害されたのかもしれない。

更級は、なんとなく後味が悪かった。つまらない拘《こだわ》りを棄《す》て、羽柴の相談に乗ってやるべきだったのだろう。胸の襞《ひだ》が、ざらつきはじめた。

新聞をコーヒーテーブルに投げ出し、更級はテレビの電源を入れた。間もなく正午になる。チャンネルをＮＨＫの総合テレビに合わせた。

少し待つと、ニュースが流れはじめた。

最初は米ロ首脳会談のニュースだった。それは数分で終わり、画面に山の斜面が映し出された。ところどころ樹木が薙《な》ぎ倒されている。

「今朝七時ごろ、岐阜県の御母衣《みぼろ》ダム近くの県道から二台のマイクロバスが相次いで崖下に転落し、炎上しました。この事故で、運転者と同乗者併《あわ》せて三十七人の若い男女が死亡しました」

男性アナウンサーはニュース原稿に短く視線を落とし、すぐに言い継《つ》いだ。

「二台とも新興宗教団体『救魂教』のバスで、乗っていた人たちは全員、信者と思われます。教団関係者の話では、二台のマイクロバスは白川にある同教団の支部から、御母衣ダムに向かっていたということです。転落現場は深い谷になっており、遺体の収容には時間がかかる模様です」

カメラが事故現場を捉《とら》えた。

大勢の警官や消防団員の姿が見えた。黒焦《こ》げになったバスの残骸は、青いビニールシートで覆われている。二台のバスは、百数十メートルは離れているようだった。

おそらく、仕組まれた事故だろう。教祖の渥美こと前中均は、保険金目当てに若い信者たちを虫けらのように殺したにちがいない。

前中は折戸房江を受取人にして、信者たちに七千万円から一億円の生命保険を掛けさせていたという話だ。総額数十億円の保険金を狙った大量殺人だろう。

更級は背筋がうそ寒くなった。その次に腸《はらわた》が熱くなった。義憤のせいだった。

バス事故のニュースが終わると、羽柴和巳の死が報じられた。

更級は耳を澄ました。しかし、新聞記事と同じ情報しか得られなかった。テレビの電源を切って、煙草に火を点けた。

奈穂は、夫の死を知っているのだろうか。どこかに軟禁されているとしたら、おそらく知らないだろう。

更級の脳裏に、縄で縛られた奈穂の裸身が浮かんだ。

そんな彼女を、顔のない男が嬲《なぶ》っている情景も閃《ひらめ》いた。更級は首を振って、頭の中のおぞましいイメージを追いやった。

短くなったマールボロの火を消し、立ち上がった。コンパクトなダイニングテーブルに歩み寄り、コーヒーの用意をする。

パーコレーターを作動させたとき、居間で特殊スマートフォンが着信音を刻みはじめた。

更級はリビングセットに戻って、卓上のスマートフォンに腕を伸ばした。

「あたしよ」

ジュリアンだった。ひどく声が小さい。

「教団本部から電話してるんだな？」

「そう。ここの連中、どこかに移動するみたいよ」

「そうか。コップの件では危険な思いをさせたな。おかげで、教祖の正体がわかったよ」

更級は、かいつまんで前中均のことを話した。

「奇術師の内弟子だったのか。それで、超能力の謎が解けたわ。あいつ、何かっていうと、信者たちに集団催眠をかけちゃうの。それからじゃないと、絶対に超能力を見せてくれないのよ。きっと何かトリックがあるわね」

「ジュリアン、もう戻ってこい。いつまでもそこにいるのは危険だ。奴らは、バス事故に見せかけて信者を三十七人も殺したようなんだよ」

「岐阜の転落事故のことね。そのことで、ここは大騒ぎなのよ。信者の家族から、ひっきりなしに電話がかかってきてるの。それで、教祖たちはどこかに逃げ出すみたいなのよ。もう少し探ってから……」

ジュリアンが言葉を途切らせ、小さな叫び声をあげた。人の争う物音が聞こえてきた。

敵に見つかったようだ。ジュリアンに呼びかけると、かえってまずいことになる。ひとまず電話を切って、救出に駆けつけることにした。

更級は、特殊スマートフォンを耳から離しかけた。そのとき、男の低い声が響いてきた。

「てめえら、何を探《さぐ》ってやがるんだっ」

「わたしは入信したいと思って、問い合わせの電話をしただけですよ」

「白々しいことを言うな！　仲間は預かったぜ」

電話が乱暴に切られた。

ジュリアンは殺されるかもしれない。こちらも誰か敵の人間を押さえて、人質交換を持ちかけることにした。

更級はいったん通話を切り上げ、すぐに悠子のマンションに電話をかけた。悠子が最も日吉に近い場所に住んでいた。

ジュリアンが敵の手に落ちたことを伝え、更級は悠子に言った。

「きみは芳賀に連絡をとったら、すぐに『救魂教』の日吉本部に行ってくれ。おれは、これから折戸房江の自宅に行ってみる。房江を人質に取れなかったら、丹下荘太郎を押さえるつもりだ」

「わかったわ。ジュリアンは、口紅型の電波発信器を持ってるはずよ。だから、敵の一味がどこかに移動しても、追跡はできると思うわ」

「それじゃ、ただちに行動を開始してくれ」

更級は電話を切ると、すぐさま外出の支度に取りかかった。

グロック32を携帯し、自分の部屋を走り出る。更級はエレベーターで地下駐車場に降り、大急ぎでスカイラインに乗り込んだ。上野毛をめざす。

折戸房江のマンションに着いたのは数十分後だった。

更級は車を脇道に駐め、マンションの管理人室に駆け寄った。東京地検の検事になりすまして、房江が部屋にいるかどうか確かめる。

「さきほど近くのマーケットに買物に出かけられましたよ」

初老の管理人が言った。

「それじゃ、部屋の合鍵を貸してください。家宅捜索したいんだ」

「折戸さんが何か悪いことをしたのでしょうか？」

「ある事件の重要参考人なんですよ。証拠湮滅《いんめつ》の恐れがあるんで、留守中に捜索したいんですよ。令状は、後から来る同僚検事が持ってくるはずです。早く鍵を！」

更級は急《せ》かした。

管理人が壁の棚から、一本の鍵を抓《つま》み取った。更級は自分が来たことを房江に告げることを禁じ、エレベーターホールに走った。

最上階が房江の自宅だった。

ワンフロアがそっくり住居になっていた。更級はシリンダー錠を掛けて、土足で玄関ホールに上がった。

廊下を進むと、奥からシャム猫が走ってきた。

赤いリボンをつけている。牝《めす》なのだろう。猫にしては珍しく警戒心が薄く、まとわりついてきた。更級は猫を無視して、居間に足を踏み入れた。かすかに香水の匂いがする。奥の部屋も、ざっと検《あらた》めた。

間取りは３ＬＤＫだが、各室が広い。ベランダの外は、ルーフガーデンになっていた。

更級はリビングソファに腰かけた。

ガラステーブルの上に、洒落《しゃれ》たファッション電話機が載っていた。留守録音のランプが明滅している。留守中にメッセージが録音されたサインだ。

更級はテープを聴いてみた。

〈わたしだ。保険金の請求は、期限ぎりぎりまでしないほうがいいな〉

男の声だった。そう若くはなさそうだ。この音声で、岐阜のバス事故が仕組まれたものであることはわかる。

次のメッセージは若い女の声だった。

〈すぐに電話して。ホテルじゃなく、先生の山荘のほうよ〉

どこかで聞いたことのある声だった。だが、すぐには声の主は思い出せなかった。

先生とは、いったい誰のことなのか。丹下荘太郎なのだろうか。それとも、丹下を操っている影の人物なのか。

発信者は、先生の山荘に泊まっているらしい。先生なる人物とは親しい間柄なのだろう。室内を物色すれば、何か手がかりを摑《つか》めるかもしれない。

更級は腰を上げ、隣の寝室に移った。

ゆったりとした洋間だった。二十畳はあるだろう。ダブルベッドが小さく見える。

ドレッサーやチェストは、いかにも高価そうだ。

前中が時々、このマンションに泊まっているのだろうか。それとも、あの教祖は単なるダミーにすぎないのか。

更級はクローゼットに近づいた。

鎧戸《よろいど》風の扉を開けると、各種のドレスや毛皮のコートがびっしりと掛かっていた。片端に、男物のスーツが数点ぶら下がっている。

更級は上着のネームを見た。どれも、ローマ字で黒沼と刺繍《ししゅう》されていた。

房江は黒沼の愛人だったのか。房江自身か黒沼が、『救魂教』を仕切っているのだろう。

足許で、シャム猫がじゃれはじめた。

更級は相手にならなかった。奥の和室に入る。十二畳間で、一間半の床の間が付いている。

中央に漆塗《うるしぬ》りの座卓があり、脇息《きょうそく》まであった。

床の間には、大小の刀剣が飾られている。押入れを覗いてみたが、何も手がかりは得られなかった。隣の洋室は、十五畳ほどの書斎だった。オーク材のがっしりした書棚には、株や金融関係の本が並んでいた。ＯＡ機器も揃っている。

更級は居間に戻った。

猫がついてきて、また、まとわりつく。少々、うるさくなってきた。

更級は猫を抱き上げ、化粧室の並びにある納戸に放り込んだ。少しの間、猫はドアに爪を立てていたが、やがて静かになった。

そのとき、玄関ドアのノブに鍵が差し込まれる音がした。房江が戻ってきたようだ。

更級は洗面室に駆け込んだ。

ドアは、完全には閉めなかった。ホルスターから、グロック32を引き抜く。サイレンサーを嚙ませ終えたとき、ドアを開閉する音が聞こえた。

「モニカちゃん、お迎えしてくれないの？」

女が大声で言って、こちらに歩いてくる。

更級は息を詰めた。ドアの隙間から、中廊下をうかがう。三十歳前後の女が目の前をよぎっていった。大きな紙袋を胸に抱えていた。

更級は中廊下に走り出て、女の片腕を摑んだ。女が悲鳴をあげ、紙袋を足許に落とした。弾《はず》みで、フランスパンとレモンが紙袋から転がり出た。

「声をあげたら、殺すぞ」

更級は消音器の先端を女の乳房に押しつけた。

女は、ざっくりとした手編み風の柄物セーターを着ていた。下は白っぽいチノクロスパンツだった。

「折戸房江だな？」

「そうだけど、あんたは誰なの？」

房江が気丈に訊いた。目のあたりに幾らか険《けん》があるが、まずまずの美人だ。スタイルも悪くない。捲《めく》れ上がり気味の上唇が妙に男心をそそる。

「長生きしたいんだったら、おれには関心を持たないことだな」

「わかったわ。そちらの要求を言ってちょうだい」

「なかなか度胸が据《す》わってるな。前中が、おれの仲間を人質に取ったんだ。で、あんたを押さえたってわけさ。人質の交換のためにな」

「前中って、誰のことなの？」

「世話を焼かせるなよ。おれの仲間に何かあれば、そっちだって無事じゃ済まないんだぞ」

更級は消音器の先で、房江の赤い唇を撫でた。房江の顔が強張《こわば》り、血の気が消えた。

「まだ空とぼける気なら、こいつを喉の奥まで突っ込む。しゃぶるには、ちょっと硬すぎるかもしれないがな」

「そちらの要求通りにするわよ」

「いい心がけだ。まず前中に連絡して、おれの仲間に手を出さないように言うんだ」

更級はグロック32を唇から離し、房江を居間まで歩かせた。

房江は素直に前中に電話をした。更級の言ったことをそのまま伝え、彼女は送話口を手で塞《ふさ》いだ。

「人質の交換場所は？」

「電話の相手は前中なんだな？」

「ええ、そうよ」

「なら、おれが直《じか》に話す。そっちはカーペットに腹這いになれ。逃げようとしたら、頭が吹っ飛ぶぞ」

「逃げたりしないわよ」

房江がそう言って、ソファの横に身を伏せた。更級は受話器を掴み上げた。

「きさまは、さっきの野郎だな！」

男の怒気を孕《はら》んだ声が流れてきた。

「前中、顔の整形手術はどこで受けたんだ？」

「な、何者なんだ⁉」

「自己紹介は省《はぶ》かせてもらう。おれの仲間を一時間以内に、ここに連れて来い」

「それは無理だ。いま、東名高速の厚木インターを通過したところなんだよ。もう少し時間をもらわないと、とても……」

「少々の遅刻は認めてやろう。ただし、おまえひとりだけで女装の美青年を連れてくるんだ。いいな？」

「あいつ、オカマだったのか⁉」

「おまえの超能力でも見抜けなかったらしいな。もう一度、ヨガの修行をするんだな」

更級は前中をからかった。

「あんたら、警察《サツ》じゃねえんだろ？」

「いいから、こっちの話を聞くんだ。石丸麻紀たち三人はどこにいる？　おまえらが資産家たちの娘や孫娘を監禁してたことはわかってるんだっ」

「そこまで知ってんだったら、白状《ゲロ》するよ。いまごろ、あの三人は長野県警に保護されてるだろう」

「解放したのか？」

「そうだよ。岩浪組の富塚から人質を引き取ってから、うちの信州支部に監禁してたのさ」

「女たちは元気なんだな？」

「元気は元気だけど、警察でちゃんと自分の名前を言えるかどうか」

前中が言った。

「松浦元首相の娘や横内副総理の孫にやったことと同じ手を使ったんだな。女たちに精神攪乱剤《かくらん》のようなものを服《の》ませたのか？」

「まあ、そんなような薬だな。今泉は、あの薬を〝精神破壊剤〟と呼んでた。あの男が開発したＢＣ兵器なんだ。何とかって成分が、人間の記憶力や思考力をダウンさせるんだよ。よく効く薬だったぜ」

「おまえは今泉とも繋がってたのか。極光産業の大和田あたりに紹介されたんだな？」

「そうだよ。人質をまともな頭で解放したら、こっちが危《ヤバ》くなるからな」

「おまえは、その薬を信者たちにも使ってたんじゃないのか？　たとえば、空中浮揚や人体透視術のトリックを見破った信者たちなんかに」

「なんでもお見通しなんだな」

「ついでに喋ってもらおう。弁護士の羽柴和巳を殺《や》ったのは、おまえらだな！」

「仕方がなかったんだよ。野郎はおれたちが奴の女房を監禁してるなんて勝手に決めつけて、パトカーを呼ぼうとしやがったんだ。だから、おれは事務局長の須藤にアイスピックを渡して……」

「羽柴奈穂は、どこにいるんだっ」

「そういうことは、房江さんに訊いてくれ。おれは、単なる雇われ人《にん》なんだ。詳しいことは何も教えられちゃいないんだよ。おれは、房江さんの命令通りに動いただけなんだ」

「とにかく、早くこっちに来い！」

　更級は荒っぽく電話を切った。房江を立たせ、居間のカーテンを閉めさせる。

「あなた、何を考えてるの？　わたしの体が欲しいんだったら、寝室に案内してもいいわよ」

「勘違いするな。ここに坐るんだっ」

更級はリビングソファを指さした。

房江がベランダの方から歩いてきて、ソファに浅く腰かけた。更級は電話機のメッセージテープを巻き戻して、すぐに再生した。録音音声を聴いているうちに、房江は落ち着きを失った。

「最初の男は誰なんだ？」

「黒沼よ」

「パトロンの黒沼の命令で、あんたは前中に事故に見せかけて信者たちを殺せと指示したんだな。保険金欲しさの犯行なんだろう？」

「そ、そうよ。でも、わたしにお金が入ってくるわけじゃないの。教団関係の収入は、そっくり黒沼のほうに。教団の不動産やここの名義はわたしになってるけど、それだって、名目だけなのよ。わたしは黒沼から、毎月百二十万円のお手当を貰ってただけ」

「黒沼が、五人の女を誘拐することを計画したのか？」

「計画を練ったのは別の人らしいわ」

「それは丹下荘太郎だな？」

更級は確かめた。

「え、ええ。実行面での責任者は黒沼で、実際にあれこれ人を動かしたのは大和田みたいね。わたしは黒沼に言われたことを前中にやらせただけよ」

「黒沼は単なる金儲けのため、『救魂教』なんていかがわしい教団をこしらえたわけか？」

「そうなんだと思うわ。あの人は儲かりそうなことなら、何でもやってみるタイプだから。それで、奇術師崩れの前中をエスパー教祖に仕立てたのよ」

「なるほどな。で、これまでに教団関係だけでどのくらい稼いだんだ？」

「正確にはわからないけど、もう百億円近くにはなってると思うわ」

「その金は黒沼の仕手資金になったわけだな」

「ええ」

「令嬢たちの身代金は、どのくらいになったんだ？」

「総額で三百八十億ぐらいにはなったとか言ってたわ。でも、そのお金は丹下さんと黒沼が山分けするわけじゃないらしいの。約半分はある人物にすぐ渡して、残りの半分を黒沼が仕手で膨らませることになってるそうよ。何倍かに増やしたお金も、後でその人物に渡すことになってるって話だったわ」

房江が長々と喋った。

「その大物の名前を言うんだ！」

「民自党の偉い人だというだけで、黒沼は名前までは教えてくれなかったのよ」

「テープの女は誰なんだ？　それから、先生というのは誰のことだっ」

「わたし、テープの女性の声には聴き覚えがないわ。多分、他所《よそ》の家と間違えたんだと思う」

「苦しい言い逃れだな。立ってもらおう」

　更級は低く命じた。

　房江がこわごわ立ち上がった。更級は、房江を熱帯魚の水槽の前まで連れていった。房江が怯《おび》えはじめた。

「な、何する気なの⁉」

「すぐにわかるよ」

　更級は言うなり、房江の頭髪を引っ摑んだ。

　そのまま顔面を水槽の中に押し込んだ。水が波立ち、グッピーやエンゼルフィッシュが逃げ惑う。ゆっくり二十まで数え、いったん水の中から房江の顔を出してやった。同じことを五度繰り返してから、更級は穏やかに訊いた。

「民自党の大物の名前が知りたいんだよ」

「さっき、知らないって言ったでしょ！」

　房江が濡れた顔で、喘《あえ》ぎ喘ぎ言った。

「テープの女と先生のことも喋るんだっ」

「わたしが、まだ何か隠してると思ってるの！」

「そうだ。だから、こういうことをしてるんじゃないか」

更級は、またもや房江の顔面を水槽の中に沈めた。

今度は四十まで口の中で数えた。房江が体を左右に振って、ひどく苦しがった。

それでも、更級は手を緩《ゆる》めなかった。同じことを三度つづけると、房江が荒い息の下から言った。

「黒沼や丹下の後ろにいるのは安永是善《やすながこれよし》よ」

「なるほど、あの安永だったのか」

更級は納得した。

安永是善は、かつて政界の怪物と呼ばれた人物の側近だった政治家である。幹事長、官房長官、財務大臣、国交大臣などを務めた超大物だ。とはいえ、所属していた党内の最大派閥が解散してからは孤立無援だった。落魄《らくはく》の感は免れない。

「安永是善は、引退した元総理大臣の無念さをしきりに口にしてるらしいのよ」

「安永は、大番頭だったからな」

「それで安永は昔の親分に代わって、各派閥に散っていった議員たちを呼び集めて、自分が新しい派閥を結成することを夢見てるらしいの」

「しかし、それには途方もない金が必要なはずだ。力を失った安永には財界は冷たい。おそらく安永は、雀の涙ほどの政治献金しか貰ってないんだろう。それで奴は荒っぽい方法で、派閥結成に必要な資金を調達する気になったんだろうな」

「そうみたいよ。丹下荘太郎や黒沼は昔の恩義があるからって、協力する気になったという話だったわ」

房江が言った。

「そんなきれいごとだけじゃないな。丹下も黒沼も安永是善が力を盛り返したとき、たっぷり利権を漁《あさ》る肚《はら》なんだろう。そっちは黒沼に利用されたのさ」

「そうなのかもしれないわね。でも、わたしは後悔なんかしてない。なぜだか、わたしは悪党が好きなのよ」

「おかしな女だ。ところで、羽柴奈穂はどこにいる？」

「その女性なら、丹下さんが軽井沢の別荘でかわいがってるはずよ。たっぷり感じさせてやったんで、半分、痴女みたいになってるらしいけどね」

「最後に、テープの女のことを吐いてもらおう。その女は、安永是善の秘書か愛人なんだな？」

「彼女のことは言えないわ。言ったら、わたし、殺されちゃうかもしれないもの」

「どうしても吐く気になれないか？」

「ええ、絶対に言えないわ。自分の命がいちばん大事だもん」

「なら、お別れだ」

更級は冷たく言い放って、房江の頭を水槽の中に深く押し入れた。

もう数は、数えなかった。無数の水泡が噴《ふ》き上げてくる。揺らめく髪の中にグッピーとネオンテトラが潜り込んだ。藻《も》と間違えたのだろう。

前中均が来たら、同じやり方であの世に送ってやろう。水面で弾ける泡を見ながら、更級は胸底でうそぶいた。

ほどなく水泡は湧かなくなっていた。

更級は手の力を抜いた。房江は水槽を抱え込むような恰好で息絶えていた。

3

夜霧が濃い。

誘蛾灯《ゆうがとう》の光がにじんで見える。更級は、白樺と栂《つが》の林の中にうずくまっていた。

丹下荘太郎の別荘の敷地内だ。敷地は四千坪近い。

軽井沢でも宏大な別荘といえるだろう。庭には、ヘリポートまであった。

ピロティー式の母屋は、二百メートルほど先にある。チロル風の建物だ。三階建てだった。どの窓も明るい。丹下が昨夜から、この別荘に滞在していることは確認済みだった。

もう間もなく、極光産業の黒沼と大和田がここにやって来るはずだ。

三日前に折戸房江と前中均が不審な死に方をしたので、彼らは善後策を練る気になったのだろう。

近くの灌木《かんぼく》が鳴った。枯れ草を踏みしだく音もする。敵の見張りかもしれない。

更級はグロック32の銃把《グリップ》に手を掛けた。

だが、すぐにグリップから手を離した。近づいてきたのは野尻だった。

野尻は米陸軍の迷彩服を着ていた。肩には、M16A2《ツー》を吊るしている。腰の弾倉帯が重そうだ。更級は先に言葉を発した。

「見張りは何人いた？」

「敷地内に三人、別荘の入口の所に二人いたよ。おそらく母屋にも、何人か護衛がいると思うぜ」

「だろうな。で、敵の武器は？」

「庭をパトロールしてる三人は散弾銃《ショットガン》を持ってた。確認はできなかったけど、三人とも拳銃を持ってるな。で、チーフ、いつ見張りを眠らせればいいんだい？」

「ヘリでやってくる黒沼と大和田が母屋に向かったら、すぐにやってくれ」

「了解《ラジャー》！」

「見張りやヘリのパイロットたちは殺すんじゃないぞ。麻酔弾で眠らせるだけにしろ」

「わかってるよ」

「芳賀とジュリアンは、ヘリポートの近くにいるんだな？」

「ああ、ちゃんと待機してるよ。もう敵の車のタイヤは、全部パンクさせたみてえだぜ」

「そうか。見張りを片づけたら、おまえたちもすぐに母屋に来てくれ」

「オーケー。それじゃ、おれは任務につきます」

野尻がおどけて敬礼し、中腰で遠ざかっていった。ほとんど足音は聞こえない。ジャングルブーツの底は、吸音性の高い材質が使われていた。

数分が流れたころ、今度は悠子がやって来た。

黒革のジャンプスーツ姿だった。彼女の戦闘服である。腰には自動拳銃だけではなく、手榴弾と銃剣も吊るしていた。

「ニッパーで電話回線を切断しました」

悠子が屈《かが》み込んで、小声で報告した。

「母屋の様子はどうだ？」

「丹下は暖炉の前で、ブランデーを飲んでました。それから、協栄興業の者らしい三人の男が別室でポーカーをやってました」

「羽柴奈穂の姿は？」

「見当たりません。多分、どこかに軟禁されてるでしょう」

「彼女には生きててほしいんだ。たとえ、心のバランスを失っててもな」

更級は昨夜、仲間たちに奈穂と自分との関わりを打ち明けていた。

「心に何か傷を負ってる男性って、とっても魅力的だわ。きっと心的外傷《トラウマ》が、人間的な深みや厚みを生むんでしょうね」

「おれは、ただ奈穂に借りを返したいと思ってるだけさ。妙な思い入れも感傷もないよ」

「あなたらしい言い方だわ」

「深層心理のお勉強は、そのくらいでいいだろう。それより、まだ久我たちの件の報告を受けてないぞ」

「あっ、そうでした。ごめんなさい」

悠子が舌の先を出し、すぐに言い重ねた。

「チーフのご命令通りにジュリアンと一緒にきょうの明け方、久我たち四人の研究員にBC兵器のカプセルを二種類ずつ口の中に放り込んでやりました。四人とも子供みたいに泣き叫んで、ちょっと面白かったわ」

「マンションの一室に保管してあったBC兵器は、すべて焼却してくれたか？」

「ええ、燃やしました。『救魂教』の須藤には、どんなお仕置きをしたの？」

「奴には、今泉が開発した精神破壊剤をたっぷり服《の》ませてやったよ」

「いい気味だわ」

「そろそろヘリが到着する時刻だな」

　更級は夜空を振り仰いだ。

　数分後、かすかなローター音が響いてきた。更級と悠子は母屋に近づいた。数十メートル手前で、二人は足を止めた。

　風が冷たい。夜気は凍《い》てついていた。

　トランシーバーが空電音を放った。更級は、腰に下げたトランシーバーを摑んだ。

「芳賀です。いま、ヘリが着陸しました」

「黒沼と大和田は乗ってるな？」

「ええ。黒沼たち二人が母屋に向かったら、指示通りに別棟にいる料理人やお手伝いさん、それから見張りやパイロットたちを麻酔弾で眠らせます」

「うまくやってくれ」

　更級は交信を打ち切って、トランシーバーを腰に戻した。

　そのとき、悠子が確認するような口調で訊いた。

「わたしは、バルコニーの方から家の中に突入するんですね？」

「そうだ。おれはポーチで黒沼と大和田を襲う」

「わかりました」

悠子が中腰で走りだした。母屋を囲む林を大きく迂回《うかい》して、反対側のバルコニーに向かったのだ。

更級は灌木を縫いながら、緩《ゆる》やかな斜面を下《くだ》り降りた。

下りきったところに、ポーチに通じる階段があった。土留めには、赤松の原木が使われている。更級は繁みに身を隠した。

数分待つと、男同士の話し声が聞こえてきた。

黒沼と大和田だった。二人は何やら深刻そうに話し込みながら、ゆっくり階段を上ってくる。どちらもスリーピース姿だった。

二人が目の前を通りすぎていった。

更級はグロック32を引き抜いて、階段の中ほどに跳《と》び降りた。その気配で、黒沼と大和田が立ち止まった。

「そこにいろ！　動いたら、撃つぞ」

更級は威嚇して、階段を二段跳びに駆け上がった。

大和田が何か言いかけて、途中で口を閉じた。黒沼は茫然と突っ立っている。

「歩け！」

更級は拳銃で脅しながら、黒沼たちをポーチまで進ませた。二人とも逆《さか》らう素振りは見せなかった。

別荘の中に入ったとき、奥で男たちの怒号が響いた。悠子がバルコニーから先に押し入ったようだ。

更級は黒沼たちの背を銃口で小突いて、玄関ホールに接した大広間《サロン》に入らせた。

ひと目で暴力団員とわかる三人の男が、拳銃を握った悠子と睨み合っていた。男のひとりは日本刀を手にしていた。段平《だんびら》だった。鍔《つば》のない日本刀だ。

丹下荘太郎は暖炉の前にいた。ブランデーグラスを持ったまま、ロッキングチェアに坐っている。

「申し訳ございません」

黒沼が丹下に詫びた。

丹下は何も言わなかった。憮然とした顔で溜息をついただけだった。

「おまえら三人は協栄興業の者だな？」

更級は、筋者たちに声をかけた。すると、段平を持った男が凄んだ。

「てめえら、生きちゃ帰れねえぞ」

「ほざくな、チンピラが」

「なんだと」

男が抜き身を大上段に振り被った。

だが、一歩も踏み出そうとはしない。明らかに竦《すく》んでいた。

更級は嘲笑した。

そのとき、自動小銃を腰撓《だ》めに構えた野尻がサロンに飛び込んできた。三人のやくざ者が絶望的な顔つきになった。さきほど凄んだ男は目を伏せて、段平を下げた。

「外の見張りどもは、もう夢の中だよ」

野尻が更級に言った。更級は部下に顔を向けた。

「さすがは元外人部隊だな。ついでに、ここにいるヤー公たちも眠らせてやれ」

「あいよ」

野尻が陽気に答え、左手に麻酔銃を握った。

輪胴式の特殊拳銃だ。弾頭の中には、強い麻酔液が入っている。弾頭の先に短い針があり、そこからキシラジンという麻酔液が体内に注入されるのだ。

野尻が三人の男に次々に麻酔弾を撃ち込んだ。男たちは床に倒れ、ほどなく意識を失った。

それから間もなく、ジュリアンがバルコニーから躍り込んできた。

化粧はしていなかった。厚手のワークシャツの上に、赤茶のオートバイジャンパーを羽織っている。

下は、ほどよく色の褪《あ》せたジーンズだ。前髪を青いバンダナで押さえている。凛々《りり》しい若武者といった感じだ。肩にはイングラムM11《マックイレブン》のスリングを掛けている。背負っている草色のフィールドバッグには、ロープ、針金、手斧《ておの》などが入っているはずだ。

「悪党どもがお揃いね」

ジュリアンが薄く笑って、手にしていた自動拳銃をホルスターに収めた。

そのとき、玄関の方から芳賀が走ってきた。薄手のセーターの上に、カントリージャケットを着込んでいた。

野尻が黒沼と大和田を正坐させた。

更級は丹下に近づいていった。丹下が椅子から立ち上がった。

「ここに、羽柴奈穂という女がいるはずだ」

「そんな女はおらん！」

丹下が下脹《ぶく》れの顔を振った。たるんだ頬の肉が震えた。六十四歳にしては、髪が豊かだった。黒々としている。

「髪とペニスだけは年齢《とし》を取らないようだな」

更級は銃把で丹下のこめかみを強打した。

肉が鳴り、血がしぶいた。丹下はロッキングチェアごと、横に吹っ飛んだ。ブランデーグラスも舞った。

更級は、半身を起こした丹下の喉元を蹴り込んだ。靴の先が深くめり込む。

丹下が喉を軋《きし》ませた。奇妙な呻き声を発し、横に転がった。丹下はむせながら、カーペットに血反吐《ちへど》を撒きちらした。

「立って、おれを奈穂のいる所に案内するんだっ」

「わ、わかった。女のいる部屋に連れていくよ。だから、手荒なことはやめてくれ」

丹下が起き上がって、のろのろと歩きだした。更級は拳銃を構えながら、後に従った。

奈穂は地下室にいた。

両手首を太いロープで縛られ、天井の滑車から吊るされていた。首を垂れ、ぐったりとしている。薄い袈裟《けさ》のようなものを素肌にまとっているだけで、下着はつけていない。髪の毛は完全に剃《そ》り上げられ、青々と光っている。

飾り毛もなかった。どういうつもりなのか、性器には野の花が挿入されている。

爪先だけが、辛《かろ》うじて打ちっ放しのコンクリート床に届いていた。身に応《こた》える姿勢だ。丹下は奈穂を尼僧か何かに見立てて、歪《ゆが》んだ欲望を満たしていたにちがいない。

更級は、憤《いきどお》りで全身が膨れ上がるのを感じた。

壁の棚に目をやると、そこにはさまざまな責め具が入っていた。部屋の隅には、ガスバーナーのボンベまで転がっている。

「この変態野郎！」

更級はグロック32のグリップで、丹下の頭頂部を撲《なぐ》りつけた。丹下が凄まじい声を放って、その場に倒れた。頭皮が裂け、髪は鮮血塗れだ。

更級は奈穂に歩み寄った。

立ち止まると、奈穂がわずかに顔を上げた。その瞳は焦点が定まっていなかった。

「奈穂、おれだよ。更級だ」

「………」

「きみを助けに来たんだ。おい、何か言ってくれよ」

更級は、奈穂の頬を軽く両手で叩いてみた。

それでも反応はなかった。奈穂は瞼を閉じてしまった。

更級は滑車のロープを緩《ゆる》め、奈穂の縛《いまし》めを手早く解いた。両手首には、縄目が深く彫《ほ》り込まれていた。ところどころに血がにじんでいる。

更級は奈穂を抱き抱《かか》え、ひとまず部屋の隅にある木製ベッドの上に運んだ。

そのとき、悠子が入ってきた。奈穂の痛ましい姿を見て、声を呑んだ。

「奈穂だよ。彼女の介抱を頼む」

「毛布か何か探してきます」

「その前に、ちょっと手を貸してくれないか」

更級は悠子にそう言って、滑車と丹下荘太郎を等分に見た。

悠子は察しがよかった。すぐに滑車のロープを大きく手繰《たぐ》って、丹下の両足首をきつく縛った。

それから彼女はサバイバルナイフで、丹下の衣服をずたずたに切り裂いた。

更級はロープを引き絞って、下着だけの丹下を逆さ吊りにした。悠子がそれを見届け、部屋を出ていった。

更級は、丹下の腰に回し蹴りを浴びせた。

丹下の体が時計の振り子のように揺れはじめた。更級はたてつづけに十回、回し蹴りをくれた。ロープが捩《よじ》れ、滑車が軋《きし》みつづけた。

「やめてくれーっ。頭の血管が破裂しそうだ」

「いい年齢《とし》して、みっともないぞ」

更級は壁の棚から、三角型の金属鋲《びょう》のついた鞭《むち》を選び取った。それで、丹下の全身をめった打ちにした。皮膚が破れ、血の粒が噴き出す。

奈穂は虚《うつ》ろな目で、更級のやることをぼんやりと眺めていた。更級は、丹下の全身が血みどろになるまで鞭を唸《うな》らせた。

やがて、丹下は気を失った。

更級は鞭を捨て、ガスバーナーのノズルを摑み上げた。バルブを開き、ライターで点火する。

赤味を帯びた炎は、すぐに青みがかった色に変わった。完全燃焼した証《あかし》だ。

更級は無気味な音をたてる炎で、丹下の体を炙《あぶ》りはじめた。とたんに、丹下が意識を取り戻した。

「熱ーいっ。ノズルを遠ざけてくれ！　あんたらは、いったい何者なんだ？」

「闇の処刑人だよ」

「わたしを殺す気なのか⁉」

「ああ、たっぷりいたぶってからな」

更級は、炎をさらに近づけた。丹下の髪が焼け縮れ、肌が焦《こ》げるまで火炙りの刑はやめなかった。丹下は泣き喚《わめ》きつづけ、ふたたび気絶した。

ちょうどそのとき、カールマイヤー毛布を持った悠子が戻ってきた。

「奈穂さんをお風呂に入れてあげたほうがいいんじゃない？　多分、体が冷えきってると思うの」

「そうだな。そうしてあげてくれないか」

「了解！」

悠子は奈穂の体を毛布ですっぽりと包むと、彼女を静かにベッドから降りさせた。奈穂は安心しきった表情で悠子に導かれていった。

二人と入れ違いに、野尻たち三人が黒沼と大和田を引っ立ててきた。

「あら、いいもんがあるじゃないの」

ジュリアンが滑車を見て、嬉しそうに言った。黒沼と大和田は悶絶した丹下を見ると、同時に悲鳴に似た声をあげた。

「こいつら二人とも逆さ吊りにして、ちょっと嬲《なぶ》ってやろうぜ」

野尻が大声で言った。

すると、黒沼がぶるぶると震えはじめた。大和田は小便を洩らしていた。二人は、代わる代わるに命乞いをした。しかし、誰も取り合わなかった。

野尻たちが、黒沼と大和田の衣服を剝《は》ぎ取った。

丹下を床に下ろし、黒沼を逆さ吊りにした。ジュリアンが思うさま飛び蹴りを愉《たの》しみ、野尻はさんざんガスバーナーの炎で黒沼を苦しめた。

芳賀はロープを操作して、黒沼の脳天を何度もコンクリートの床に落とした。

最後に、大和田を逆さ吊りにする。ブリーフは小便でぐっしょり濡れていた。

「わたしは、黒沼代表の命令に従っただけだ。心から反省してる。だから、何もしないでくれ」

「泣き言は聞きたくない。峰岸やマルガリータを殺させといて、ふざけたことを言うなっ」

更級は、大和田の頭をサッカーボールのように蹴りまくった。鮮血が四方に飛び散り、折れた前歯が床の血溜まりの中に落ちた。

気を失うと、今度は芳賀がガスバーナーのノズルに点火した。

炎を近づける。あちこちの表皮が膨れ上がり、氷袋のように垂れ下がった。

芳賀がそれらを炙りつづけると、次々に弾けた。体液が飛散する。大和田は乳児のように泣きつづけ、気を失った。

「この三人を後ろ手に縛って、地獄に送ってやろう」

更級はメンバーたちに言った。

ジュリアンがフィールドバッグから、針金とニッパーを掴み出した。半《なか》ば気を失っている丹下と黒沼を縛り、最後に大和田の両手の自由を奪う。

三人とも自力では歩けなかった。

芳賀、野尻、ジュリアンの三人が、それぞれ敵の三人を引きずるように歩かせる。

更級は先にサロンに戻った。

悠子と奈穂は暖炉の前にいた。

男物の服を身につけた奈穂はロッキングチェアを揺り動かしながら、低く童謡をくちずさんでいた。哀れさを誘う光景だった。

「奈穂をヘリに乗せよう」

更級は悠子に言った。悠子がうなずき、奈穂を立ち上がらせた。

そのとき、やくざ者のひとりが低く唸って、小さく身じろぎした。

麻酔が切れかけているのだろう。

更級は男に歩み寄った。近くに落ちていた段平《だんびら》を拾い上げ、それで男のアキレス腱《けん》を切断した。男がわれに返った。だが、身を起こそうとはしなかった。唸りながら、転がり回りはじめた。

悠子が奈穂を連れて外に出た。それに、芳賀たちがつづいた。更級は最後に表に出た。敵の影は見えない。見張り番たちの麻酔は、まだ効いているようだ。

更級はヘリポートに急いだ。

別棟が右手の奥に見える。静かだ。料理人やパイロットたちも意識を取り戻した気配はない。

ヘリポートに着いた。

大型のヘリコプターがローターを休めていた。フランス製のアルウェットⅢ型だった。山岳遭難救助などに使われている大型ヘリコプターだ。

悠子が奈穂とともに、最初に機内に入った。

その後、野尻たちが丹下ら三人を押し込んだ。元航空自衛隊のジェットパイロットの芳賀が操縦席に入る。すぐにローターが回転しはじめた。

野尻、ジュリアン、更級の順に乗り込んだ。

更級がスライドドアを閉めかけたとき、闇の奥で赤い光が閃《ひらめ》いた。銃口炎《マズル・フラッシュ》だった。銃声から察して、散弾銃だろう。散弾の威力などたかが知れている。更級たちは反撃しなかった。

機が舞い上がった。

そんなとき、咳込むような銃声が轟いた。さきほどの銃声とは異なる。どうやら自動小銃を持ち出したらしい。

燃料タンクを狙われたら、面倒なことになる。

更級は、ジュリアンのイングラムM11《マックイレブン》を摑み上げた。ミニマシンガンだ。全自動《フルオート》で撃ちまくった。

弾き出された薬莢《ひょう》が雹のように床を叩く。弾倉が空になったとき、敵の銃声が熄《や》んだ。どうやら命中したようだ。

更級はスライドドアを閉め、座席に腰かけた。

大型ジェットヘリコプターが急上昇し、北アルプスに向かった。

暗い森や山の稜線を掠《かす》めるようにして飛行しつづける。灯火が見えるたびに、ジュリアンがはしゃぎ声をあげた。街の灯はどこか幻想的だった。

丹下たち三人は、床に折り重なっている。三人とも虫の息だった。

やがて、三千メートル近い高峰群が見えてきた。

北アルプスの峰々だ。中腹から山頂まで雪で白い。剣岳《つるぎだけ》の上空に差しかかると、芳賀が機の高度を少し下げた。それでも、山頂までは二百メートルはあるだろう。

幸い、山頂付近は吹雪いていない。

ヘリコプターがさらに高度を下げ、空中停止《ホバリング》した。野尻とジュリアンが座席から立ち上がり、それぞれ黒沼と大和田を抱え起こした。

更級はスライドドアを一メートルほど開け、丹下を摑み起こした。機内に風が吹き込んでくる。

「ま、まさかヘリから、わたしを突き落とす気じゃないだろうな⁉」

丹下が両足を踏んばった。

更級は無言で丹下の後ろに回った。丹下が振り返る。

次の瞬間、更級は丹下の尻を強く蹴りつけた。丹下が絶叫しながら、落下していった。同じ方法で、黒沼と大和田を蹴《け》落とした。

ドアを閉めると、ヘリコプターが上昇しはじめた。右旋回し、機は東京の調布飛行場に向かった。

　更級は後列のシートに腰を沈め、かたわらの奈穂の横顔をうかがった。奈穂は悠子の肩に凭《もた》れて、かすかな寝息をたてていた。更級は、剃髪された頭をそっと撫でてやった。

　そのとき、前の席の野尻が上体を捩《ねじ》った。

「後は黒幕の安永是善を処刑するだけだな。チーフ、どんな手を考えてるんだい？」

「奴の長男を拉致して、安永を誘《おび》き出そう」

「そいつは、いい考えだ。長男の忠信《ただのぶ》は親父の秘書をやってるけど、実家には住んでない。確かマンションで独り暮らしをしてる」

「独り暮らしなら、好都合だ。いくらでも拉致するチャンスはあるからな。早いとこ、片をつけてしまおう」

　更級は言って、煙草をくわえた。

4

　掌《てのひら》の上で、拳銃を弾ませる。

　大型拳銃の割には、それほど重くない。肌に吸《や》いついてくるような感触も悪くなかった。なかなか風格がある。ビッグボスを殺るにはふさわしいハンドガンだ。

更級は、新しい拳銃をじっくりと眺めた。

ウィルディ45マグナムだ。銃身とスライドに、ペイズリー風の装飾模様が施されている。

44マグナム以上のパワーがある。しかも、拳銃では例のないガスオペレーションを採り入れたオートマチックだった。

更級は自動拳銃をショルダーホルスターに収め、腕時計に視線を落とした。

約束の午後四時が迫っていた。深呼吸をして、逸《はや》る心を鎮《しず》める。

更級は、裏磐梯《うらばんだい》のホテル用地の中央に立っていた。

平らに整地された建設予定地には、人っ子ひとりいない。数台のブルドーザーとタンクローリー車が放置されているだけだ。

このあたり一帯は、リゾート開発地である。

好景気のときに大手商社、建設会社、不動産会社の三社がプロジェクトチームを結成し、スキー場、ゴルフ場、ホテル、マンション、美術館、ペンション村などを設ける準備を進めていた。

しかし、採算が合わないことがわかり、プロジェクトチームが計画を断念してしまったのだ。それ以来、工事関係者の姿は見られなくなっていた。

更級は、安永是善を待っていた。

丹下たち三人の死体が剣岳《つるぎだけ》の山頂付近で発見されてから、五日が経《た》っていた。

安永の長男、忠信は昨夜のうちに拉致しておいた。帰宅途中を襲ったのである。三十六歳の安永忠信は拳銃を見ただけで、泣き出しそうになった。まったく抵抗はしなかった。成功者の二代目というのは、どうしても甘やかされがちだ。それだから、ひ弱になってしまうのだろう。

更級は手で西陽を遮《さえぎ》って、空を見上げた。

カラフルな熱気球が小さく揺れている。人質はゴンドラの中にいた。忠信の手足は麻縄で縛っておいた。口は、ガムテープで封じてある。

したがって、人質はヘリウムガスのバルブを調整することはできない。いまは、三本のワイヤーが熱気球の浮揚力を抑えている。

安永是善が妙なエスコートを連れてきたら、更級たちはすぐにワイヤーを断ち切る手筈になっていた。

パイロットのいない熱気球はボンベが空になるまで大空を漂い、やがて失速する。その後は風に流されるだけで、着陸地点は選べない。

場合によっては、人質は命を落とすことになる。運がよくても、大怪我は免れないだろう。

更級はマールボロに火を点けた。

ふた口ほど喫《す》ったとき、脈絡もなく脳裏に奈穂の顔が浮かんだ。奈穂を心療内科専門病院に入院させたのは四日前だった。

更級は別れしなに、奈穂の左手首の傷痕をそっと撫で摩《さす》った。と、奈穂が急に長い睫毛《まつげ》を伏せた。あのとき、奈穂は一瞬、正気に戻ったのではないか。そう思ったのは感傷のせいだったのかもしれない。

それにしても、奈穂が受けた辱《はずかし》めは重すぎる。いっそ過去のことを思い出さないほうが幸せなのではないか。そういえば、西急コンツェルンの総帥の娘は記憶が蘇《よみがえ》ったのだろうか。

ふと更級は、石丸麻紀のことを思い出した。

五人の失踪女性について、なぜかマスコミは沈黙を守りつづけている。多分、彼女たちの父親や祖父が警察などに圧力をかけ、箝口令《かんこうれい》を敷いたのだろう。

短くなった煙草の火を靴の底で踏み消したとき、スカイラインの無線機が空電音を発した。更級は、車の中に駆け戻った。

「いま、安永の車がそちらに向かいました」

悠子の声だった。

「指示通りに、安永自身が車を運転してたか？」

「ええ。車の中には、ほかに誰も乗ってませんでした。とても危なっかしい運転だったわ。あれで、よく東京からベントレーを転がしてこれたもんだわ」

「おそらくハンドルを握ったのは、十数年ぶりなんだろう。それはそうと、おかしな後続車は見えないな？　もう一度、よく確かめてくれないか」

「わかりました」

「それが済んだら、芳賀たち三人に無線連絡して、こっちに来てくれ。ひょっとしたら、殺し屋どもが空からやってくるかもしれないからな」

更級は交信を打ち切った。

四人の部下は、ホテル用地に通じる入口に張り込んでいた。敵の奇襲を警戒したのだが、その心配はなさそうだった。

更級は、ふたたび車の外に出た。

はるか遠くに猪苗代湖《いなわしろこ》が見える。夕陽を吸って、湖面は緋色《ひいろ》に燃えていた。

五分ほど過ぎる。黒い大型車が視界に入ってきた。

土埃を捲《ま》き上げながら、ベントレーは一直線に走ってくる。七十二歳の安永是善はまるで女を抱くような感じで、ステアリングにしがみついていた。

ベントレーが停まった。

十メートルほど先だった。更級は、たたずんだままだった。安永が車のエンジンを切って、外に出てきた。禿《は》げ上がった額は汗で光っていた。

「伜《せがれ》は、忠信はどこにいる?」

「熱気球のゴンドラの中だ。あんたがおかしな気を起こしたら、おれの仲間が三本のワイヤーを同時に切ることになってる。あんたの伜は縛ってあるんだ。おれの言った意味、わかるな?」

「ああ。すぐに忠信を下ろしてやってくれ。いや、わたしがやろう。ゴンドラから垂れてる引き綱を手繰《たぐ》ればいいんだな?」

「あんたひとりの力じゃ、ゴンドラは地上まで引き下ろせやしない」

「手を貸してくれ。五億円ばかり、キャッシュで持ってきたんだ。トランクの中に入ってる。それから、黒沼君が買い占めてくれた東和精器とアルカディア電機の株券も二百万株ずつ持参したよ。一万株券で二百枚ずつだ。名義の書き換えは、これからすぐにでも……」

「安永さん、あんた、何か思い違いをしてるようだな。おれは、金や株券を要求した憶えはないぞ」

「き、きみは何を考えてるんだ⁉」

安永が後ずさりした。ぎょろりとした目は、恐怖に戦《おのの》いていた。

「あんたの腐った野望のため、数多くの人間が犠牲になってしまった。あんたのやったことは赦《ゆる》されることじゃない。だから、おれたちが裁く。ただ、それだけさ」

更級は突進《ダッシュ》し、安永の下腹を蹴った。

的《まと》は外さなかった。安永が急所を両手で押さえて、身を折った。

更級は相手の肩を摑んで、足払いをかけた。

安永が地面に転がる。更級は無数のキックを見舞った。蹴りを入れるたびに、安永は体を丸めてのたうち回った。全身、泥塗れだった。顔は血と吐いたもので汚れていた。

「安永、立て！」

更級は鋭く命じた。

そのとき、背後で人の足音が響いた。振り向くと、なんとベレッタM20を握りしめた石丸麻紀が立っていた。パンツスーツ姿だった。

「どういうことなんだ⁉」

更級は、わけがわからなかった。

「わたしが会津若松市に入るまで車を運転してきて、後はトランクルームに隠れてたのよ。両手を高く挙げないと、撃つわよっ」

「そんな小さなポケットピストルじゃ、人は殺せやしない」

「至近距離なら、充分に殺せるわ」

麻紀が無造作に引き金を絞った。銃弾は、更級の肩の上を駆け抜けていった。威嚇射撃だったのだろう。

　更級は動かなかった。安永が起き上がって、麻紀の後ろに隠れた。

「そうか、折戸房江の留守番電話のメッセージはきみの声だったのか。先生というのは安永のことなんだな？」

「ええ、そうよ」

「きみが敵の協力者だったとはな」

「わたしは協力者じゃないわ。言ってみれば、黒幕みたいなものね。このわたしが、忠信さんのお父さまの政治的な野心を煽《あお》ったのよ」

　麻紀が言った。

「きみが⁉　なぜ、そんなことをしたんだ？」

「わたしは父の仕打ちが赦《ゆる》せなかったの。父は、わたしが乗馬クラブで知り合った忠信さんと七年も交際していることを知りながら、関東物産の雨宮《あまみや》会長の次男坊と結婚しろと迫ったのよ。もし忠信さんと結婚したら、全財産を兄ひとりだけに相続させるとさえ言ったわ。父は、さらに閨閥《けいばつ》を強めたいと考えてるのよ」

「政財界じゃ、いまだに政略結婚めいたものが生きてるからな」

「父は狡《ずる》いのよ。忠信さんのお父さまが政界で圧倒的な力をお持ちになってたときは、むしろ忠信さんとの交際を喜んでたわ。だけど、状況が変わったら、とたんに彼とつき合うことを固く禁じるようになったの」

「財界人は力を失った政治家とくっついてても、なんのメリットもないからな」

「それにしても、自分の娘をビジネスに利用しようと考えるなんて、最低だわ。だから、わたしは父に牙を剝《む》いたのよ」

「で、恋人の父親を巧みに煽《あお》ったってわけか。富豪のご令嬢もやるもんだな」

　更級は口の端を歪《ゆが》めた。

「何とでも言いなさい」

「実際、たいした女だ。記憶喪失の真似までして、他人《ひと》を騙《だま》し抜いたんだからな。しかし、あそこまで手の込んだ芝居をする必要があったのか。誘拐された振りをして、おとなしく安永の別荘に隠れててもよかっただろうが」

「あそこまでやらなければ、わたしに疑いがかかると思ったのよ。それだから、わたしが大がかりな誘拐組織に連れ去られたという客観的な事実を作ったの」

「たまたまこのおれが、運悪く引っかかったということか」

「ええ、そういうことね」

「その件は赦《ゆる》してやろう。それから、そっちが自分の親から身代金をせしめたことにも目をつぶってやるよ。しかし、薄汚い謀《はかりごと》のために罪のない連中まで殺したことには絶対に目をつぶれないな」

「それなら、あなたを殺すしかないわね。わたしは集めたお金で、どうしても忠信さんのお父さまに新しい派閥を作ってもらいたいのよ。それで、父を見返してやりたいの。もちろん、近日中に忠信さんと結婚するつもりよ」

麻紀が鋭い目つきになって、銃把を握り直した。

そのとき、後ろで安永是善が低く何か言った。わたしが撃つよ。唇の動きでは、そう読み取れた。麻紀の視線が揺れた。

その瞬間、更級は肩から転がった。

ベレッタが吼《ほ》えた。麻紀が反射的に引き金を指で手繰《たぐ》ったのだろう。放たれた銃弾は、虚しく後方に流れた。

更級は体が回りきったとき、ウィルディ45マグナムを引き抜いた。麻紀の表情が凍りついた。

「ウエディングドレスを着るのは諦《あきら》めるんだな」

更級は言い放って、たてつづけに二発撃った。

重い銃声が二度響いた。麻紀と安永が重なって、七、八メートル後方に吹っ飛んだ。倒れたまま、どちらも動かない。

更級は二人に近づいた。

強力なマグナム弾は、麻紀の顔と右腕を吹き飛ばしていた。あたり一面に、鮮血と肉片が飛び散っている。その中で、インゴットのペンダントが鈍く光っていた。流れ出た脳漿《のうしょう》は夥《おびただ》しかった。

麻紀の下敷きになった安永も、顔がなかった。

血みどろの生首はタイヤの下に転がっている。顔半分が消えていた。大きな目は、恨《うら》めしげに虚空《こくう》を睨みつけている。

安永の伜は、一連の事件には関与していなかったようだ。

更級は拳銃を構えた。

熱気球とゴンドラを繋ぐロープに狙いを定め、残りの六発を放った。ロープが次々に千切れる。熱気球から離れたゴンドラは、ほぼ垂直に落下した。

四方から、仲間の車が近づいてくる。

更級は自動拳銃をホルスターに収め、ベントレーのトランクルームを覗いてみた。空っぽだった。なんと欲の深い連中なのか。

更級は肩を大きく竦《すく》めた。

本書は一九九九年四月に頸文社より刊行された『処刑法廷』を改題し、大幅に加筆・修正しました。

本作品はフィクションであり、実在の個人・団体などとは一切関係がありません。

文芸社文庫

断罪 闇法廷

二〇二〇年六月十五日 初版第一刷発行

著 者 南英男
発行者 瓜谷綱延
発行所 株式会社 文芸社
〒一六〇-〇〇二二
東京都新宿区新宿一-一〇-一
電話 〇三-五三六九-三〇六〇(代表)
〇三-五三六九-二二九九(販売)
印刷所 図書印刷株式会社
装幀者 三村淳

ISBN978-4-286-22034-5